쌍룡기

장담 신무협 장편소설
ORIENTAL FANTASY STORY & ADVENTURE
7

dream books
드림북스

쌍룡기 7
섬서풍운(陝西風雲)

초판 1쇄 인쇄 / 2010년 7월 19일
초판 1쇄 발행 / 2010년 7월 26일

지은이 / 장담

발행인 / 오영배
편집장 / 김경인
편집 / 윤대호, 신동철
펴낸 곳 / (주)삼양출판사 · 드림북스

주소 / 서울특별시 강북구 송천동 322-10호
대표 전화 / 02-980-2112 팩스 / 02-983-0660
편집부 전화 / 02-980-2116 팩스 / 02-983-8201
블로그 / blog.naver.com/dreambookss

등록번호 / 제9-00046호
등록일자 / 1999년 3월 11일

ⓒ 장담, 2010

값 8,000원

(주)삼양출판사 · 드림북스의 서면 허락 없이는 어떠한
형태나 수단으로도 이 책의 내용을 이용하지 못합니다.

ISBN 978-89-542-3916-5　04810
ISBN 978-89-542-3679-9　(세트)

* 지은이와 협의하에 인지는 생략합니다.
* 잘못된 책은 구입한 곳에서 바꾸어 드립니다.

목차

제1장	사조는 말이 없고	007
제2장	지옥수라도(地獄修羅刀)	033
제3장	언제고 후회하게 될 것이다	071
제4장	어둠 속에서 혈풍은 불고	107
제5장	우울한 밤, 흐뭇한 밤	145
제6장	오독대법(五毒大法)	175
제7장	내가 깨어났다!	215
제8장	어느 봄날에 만난 사람들	241
제9장	목마른 사람이 우물을 판다	267
제10장	천마궁(天魔宮)	291

제1장

사조는 말이 없고

1.

 일부는 곧장 머리 위로 떨어져 내리고, 일부는 삼 장 앞에 내려서서 사도무영 일행을 향해 쇄도했다.
 장막심과 양류한, 도담, 적도광, 만소개가 사도무영을 가운데 놓고 돌아서며 무기를 뽑아들었다.
 스룽! 쩡!
 동시에 사도무영이 허공으로 솟구쳤다.
 비룡검사들 중 허공에 떠있던 칠팔 명이 일제히 사도무영을 향해 검을 뻗었다.
 사도무영은 빙글 몸을 돌리며 도를 휘둘렀다.
 수라참광!

단숨에 충격을 주기 위해서 작정하고 펼친 일도였다.
콰아아아!
하늘에서 떨어지던 눈발이 그의 몸을 따라 휘돌고, 회천무벽과 어우러진 도세가 찰나 간에 광풍이 되어 주위를 휩쓸었다.
쩌저정! 따당! 쾅!
대여섯 명의 비룡검사들이 날아들다가 철벽에 부딪친 까마귀처럼 뒤로 튕겨졌다.
서너 개의 부러진 검날이 허공으로 튀어 올랐다.
"크윽!"
"커어억!"
하얀 눈을 부수고 날아가는 검조각 만큼이나 비룡검사들의 얼굴이 참담히 일그러졌다.
사도무영은 허공에서 몸을 뒤집으며 다시 한 번 도를 내리쳤다.
도기가 채찍처럼 길게 늘어지며 비룡검사 둘을 덮쳤다.
땅! 서걱!
검을 부러뜨린 도기가 비룡검사의 목과 가슴을 갈랐다.
어둠 속에서 솟구치는 피분수!
억눌린 신음과 비명이 동시에 울렸다.
"끄윽!"
"크억!"
겨우 사도무영의 도세를 피한 자들은 이를 악물고 장막심 등을 공격했다. 커다란 검, 큰 덩치, 그가 제일 먼저 눈에 들어온 것이다.

"얼마든지 와라!"

장막심이 고함을 내지르며 장검을 휘둘렀다. 방어하기에는 그의 장검이 다른 사람의 검보다 훨씬 유용했다.

콰광!

비룡검사 둘이 그의 검과 부딪치며 주르륵 물러나자 장막심이 버럭 소리쳤다.

"비겁한 새끼들! 용검회가 언제부터 떼거지로 몰려다녔단 말이냐! 천하제일검문은 무슨! 앞으로 그따위 말은 집어치워라!"

재차 덤벼들려던 비룡검사들이 움찔했다.

장막심이 그들을 향해 달려들며 장검을 휘둘렀다.

"자신 있으면 일 대 일로 덤벼 봐!"

그래야 상대하기 쉬울 테니까.

'마음 약한 새끼들. 그 정도 말에 마음이 흔들리다니.'

양류한은 장막심과 적을 상대하는 방식이 달랐다. 그는 가장 가까이 다가선 자 하나만 노리고 검을 뽑았다.

일격필살!

한 놈씩 처리하다 보면 언젠가는 마지막 적의 심장에 검을 꽂을 때가 있을 것이었다.

'흥! 저번에는 어쩔 수 없어서 물러났다는 걸 알아야지. 어

디 용검회의 검이 얼마나 강한지 보자고!'

속으로 코웃음을 친 그는 쏟아지는 상대의 검영 사이를 파고들며 검을 뻗었다.

촘촘히 얽힌 그물 같은 검영이 갈기갈기 찢어지자 상대의 얼굴도 일그러졌다.

양류한은 추호의 망설임도 없이, 뒤로 물러서려는 상대의 목에 검을 꽂았다.

그때 한 자루 검이 양류한의 측면에서 날아들었다.

양류한은 적의 목에 꽂힌 검을 뽑으며 몸을 틀었다.

쉬익!

측면에서 날아들던 검이 그의 가슴 앞 다섯 치 앞을 스쳐갔다.

순간이있다. 검을 뻗은 사의 가슴에서 섬날이 뷔어나왔다.

콰직!

눈을 부릅뜬 상대의 뒤쪽에서 도담이 소리쳤다.

"조심해!"

양류한은 씩 웃으며 다른 적을 향해 몸을 돌렸다.

'앞으로는 싸울 때 웃지 말라고 해야겠군. 잘못하면 검이 흔들리겠어.'

흠칫한 도담은 적의 심장에 꽂힌 검을 뽑아내 또 다른 자를 향해 뻗었다.

무심한 표정. 단호한 손속!

그가 뻗는 일 검, 일 검이 모두 살검이었다.

앞에 있는 자들은 수라곡을 친 자들과 한 패거리. 손에 사정을 남겨둘 이유가 없었다.

따당!

두 자루의 검을 초혼혈기로 튕겨낸 도담은 찰나의 망설임도 없이 상대의 목을 갈랐다.

서걱!

비명도 제대로 지르지 못한 비룡검사가 눈을 홉뜨고 무너져 내렸다.

순간, 그를 향해 한 사람이 날아들었다.

"이놈!"

검을 쥔 손 근처에서 흔들리는 은색 수실이 하늘에서 떨어지는 눈보다 더 눈부시다.

지금까지 싸우던 자들보다 훨씬 강하게 느껴지는 자.

도담은 검을 움켜쥔 손에 힘을 주고 냉소를 지었다.

"흥! 이제야 나서는군!"

적도광의 살심도 도담 못지않았다.

그는 부상당한 채 물러서는 적도 그냥 놔두지 않았다.

어깨가 갈라진 자는 마저 심장을 가르고, 옆구리가 뚫린 자는 목을 쳐서 철저히 죽였다.

"이 악귀 같은 놈!"

백룡검사 하나가 적도광의 행동에 이를 갈며 달려들었다.

적도광은 그런 백룡검사를 싸늘한 눈으로 노려보았다.

어린아이와 여자들마저 죽인 놈들이 무슨 개소리란 말인가!

"개만도 못한 놈들! 네놈들은 나에게 그런 말을 할 자격이 없다!"

그 순간, 만소개를 공격하던 세 사람 중 하나가 몸을 빼내서 적도광을 공격했다.

"감히 우리를 모욕하다니! 죽어라!"

비룡검사 셋을 상대하는 게 버겁던 만소개는 하나가 빠지자 숨통이 터졌다.

"씨발! 개떼처럼 달려드는 놈들이 그래도 자존심은 있는가 보군!"

그는 욕설을 퍼부으며 개잡는 몽둥이를 휘둘렀다.

옷이 몇 군데 찢어졌지만, 신경 쓰지 않았다.

어차피 거지 옷이 아닌가.

그나마 살이 찢겨지지 않은 것이 다행이었다.

한편, 비룡검사들을 장막심 등에게 맡긴 사도무영은 십여 장 뒤쪽으로 날아갔다.

검병에 은색 수실이 달린 세 명의 중년무사가 어둠 속에서 다가오고 있었다. 그리고 그들 뒤편에는 두 사람이 더 있었다.

한 번 본 자들이었다.

사도무영이 동방효와 동방인을 바라보는데 백룡검사들이

검을 뽑았다.

그들은 반원을 그리며 사도무영을 향해 다가왔다.

천천히 걷는 듯했지만, 그들이 걸음을 옮길 때마다 발밑에서 눈보라가 휘몰아쳤다.

사도무영은 무심한 눈으로 그들을 둘러보았다.

하나하나가 오랜 세월 수련하며 검과 하나가 된 자들이었다.

도대체 용검회에는 이러한 자들이 얼마나 될까?

"네놈의 강함은 인정한다만, 이번에는 빠져나가지 못할 것이다."

동방효가 다가오며 담담히 말했다.

사도무영은 입꼬리를 비틀며 동방효의 속을 긁었다.

"용검회도 이제 망할 때가 됐나 보군."

"무슨 헛소리냐?"

"구천신교가 쏟아져 나온 마당에, 나를 잡겠다고 몰려오다니. 오늘처럼 몰려와서 몇 번만 몰살당하면 천하의 용검회라도 견디기 힘들 텐데?"

동방효가 코웃음 치며 조소를 지었다.

"흥! 네놈이 그런 걱정을 해주지 않아도, 구천신교는 본회를 어찌하지 못하느니라!"

"천마궁이 장안의 총단을 노리나 본데, 그건 또 어떻게 막을지 모르겠군."

"건방진 놈! 우리가 천마궁 따위를 두려워할 것 같으냐!"
"저들 정도로는 그들을 막기 힘들 것 같던데?"
분노를 느낀 듯 백룡검사들의 몸에서 살기가 솟구쳤다.
그들의 머리 위로 떨어지던 눈이 터져나가며 가루로 변했다.
순간 동방효의 명이 떨어졌다.
"더 기다릴 것 없다! 놈을 쳐라!"
그 말을 기다렸다는 듯 백룡검사 셋이 동시에 쇄도했다.
사도무영은 그들이 다가올 때까지 기다렸다.
회천무벽의 회자결이 펼쳐져 있는 상태. 그의 발밑에 있는 눈이 소용돌이처럼 휘돌았다.
거리가 이 장으로 좁혀지자 사도무영의 도가 스르르 들렸다.
동시에 그의 신형이 유령처럼 사라졌다.
"헛!"
"어디로……?"
"조심해!"
대경한 백룡검사 셋이 주춤거리며 멈춰 섰다.
그때 동방효가 기겁한 목소리로 소리쳤다.
"위다!"
십 장 거리에 있던 그조차 찰나 간 사도무영의 모습을 놓쳤다. 바로 앞에 있던 백룡검사들은 아마 유령을 본 기분이었을 것이다.

하지만 그가 외쳤을 때는 이미 사도무영이 삼 장 허공에서 도를 내리친 후였다.

수라파천!

어둠이 살얼음판처럼 갈라지며 무너져 내렸다.

고오오오!

백룡검사들은 맞부딪치지 못하고 황급히 뒤로 물러났다.

사도무영은 허공에서 방향을 틀며 그들 중 좌측에 있는 자를 노렸다.

노림을 받은 자는 해쓱하니 질린 표정으로 검을 들어올렸다.

쾅!

사도무영의 도는 상대의 검을 짓누르고 어깨를 한 뼘 깊이로 갈라버렸다.

"크억!"

무지막지한 패도(霸刀)!

도세에서 벗어난 백룡검사 둘의 표정이 창백하게 굳어졌다.

하지만 그들은 이를 악물고 다시 달려들었다.

애당초 다른 선택이 없었다.

죽이지 못하면 죽는다!

그것이 검을 쥔 자의 숙명이었다.

단숨에 하나를 무너뜨린 사도무영은 둘 사이를 누비며 아수라구도식을 펼쳤다.

 눈 깜짝할 새에 오 초의 도식이 펼쳐지며 두 사람의 검을 휘어 감았다.

 두 백룡검사는 전력을 다해 사도무영의 공격을 막으며 반격할 기회만 노렸다.

 그러나 회천무벽이 사도무영의 몸을 휘돌고 있는 상황. 백룡검사들의 검은 제 갈 길을 가지 못하고 자꾸만 조금씩 어긋났다.

 그들은 뒤늦게 이상함을 느끼고 뒤로 서너 걸음 물러섰다.

 설마 절대지경의 고수들만이 펼칠 수 있다는 호신강기란 말인가?

 처음으로 그들의 얼굴에 두려움이 피어났다.

 그때였다.

 "물러서!"

 동방효가 소리치며 신형을 날렸다. 동방인도 바짝 따라가며 검을 뽑았다.

 순간이었다.

 번쩍!

 수라도에서 칠성의 공력이 실린 아수라무광일도단천식이 폭발했다.

 퍽!

 백룡검사 하나가 가슴이 뭉개진 채 튕겨졌다. 그리고 다른 하나는 한쪽 팔을 덜렁거리며 비틀비틀 물러섰다.
"크으윽, 가공할……."
그 직후 동방효가 동방인과 함께 사도무영을 덮쳤다.
사도무영은 우뚝 서서 도를 흔들었다. 그러면서 좌수를 당겼다가 동방효를 향해 뻗었다.
도에서 뻗친 도강이 그물처럼 펼쳐지고, 좌수에서 뇌성벽력이 일었다.
콰르릉!
찰나, 세 사람의 공세가 정면으로 충돌했다.
일수유의 순간에 벌어진 삼 초의 공방.
떠더덩! 쾅!
그 충격에 땅바닥이 움푹 파이고, 대기가 터져나가며 눈이 사방으로 비산했다.
동방효와 동방인은 달려들 때만큼이나 빠르게 뒤로 튕겨졌다.
충돌의 여파로 잠시 멈칫한 사도무영은, 곧 그들을 쫓아가며 도를 휘둘렀다.
유령 같은 움직임!
광풍처럼 몰아치는 도기!
동방효와 동방인은 중심을 잡자마자 사도무영의 공세를 막기에 정신이 없었다.
그야말로 폭풍 같은 공격이었다.

가까스로 도를 막아내면 풍뢰수가 몰려오고, 풍뢰수를 소멸시키면 아수라구도가 빈틈을 가르며 파고들었다.

게다가 가끔 쏘아대는 회혼지는 동방효와 동방인의 가슴을 서늘하게 만들기 일쑤였다.

결국 오 초가 지날 무렵, 쾅! 소리와 함께 가슴에 일격을 맞은 동방인이 신음을 흘리며 뒤로 주르륵 물러났다.

"크으윽!"

동방인이 부상을 당하자, 전 공력을 다 끌어올린 동방효는 자신의 비장절기인 창룡무원검을 펼치기로 작정했다.

용검회 십대검법 중 서열 사위의 검법.

그가 그 검을 익히고 있다는 걸 아는 사람은 세상에 다섯을 넘지 않았다.

"어디 이것도 받아봐라!"

그의 검첨에서 한 마리 창룡이 솟구쳤다.

콰우우우!

사도무영은 구성의 공력을 끌어올리고 수라도의 도첨에 집중시켰다.

주먹만 한 파란 구슬이 도첨에 매달리는가 싶더니, 번쩍! 청광이 어둠을 수백 조각으로 갈라내며 폭사되었다.

이 장의 거리를 둔 채 창룡과 청광이 뒤엉켰다.

찰나, 당장 사도무영을 덮칠 것 같은 창룡이 몸을 뒤틀며 서서히 희미해졌다.

그리고 어느 순간!

쾅!

천둥이 치는 소리와 함께 동방효의 몸뚱이가 뒤로 날아가고, 사도무영도 이를 악문 채 뒤로 다섯 걸음을 물러났다.

먼저 중심을 잡은 사도무영은 그 자리에 우뚝 서서, 회천무벽을 펼쳐 몸을 보호한 상태로 회천선기를 움직였다.

동방효의 무위는 전에 마주쳤던 세 노인에게 뒤떨어지지 않았다. 동방인은 그보다 한 단계 아래였고.

평상시라면 충분히 감당할 수 있는 자들.

하지만 백룡검사 셋을 상대한 후 연이어 둘의 합공을 받은 터라 충격이 적지 않았다.

휘이이잉.

그의 몸 주위로 다시 회오리바람이 일기 시작했다.

뒤늦게 땅에 내려선 동방효는 서너 걸음을 더 물러선 후에야 몸을 세우고 고개를 들었다.

영웅건이 풀어져서 머리카락이 풀어헤쳐진 그는 사도무영의 모습을 보고 이를 악물었다.

연속된 공격과 방어로 상당한 타격을 입었을 거라 생각했거늘, 조금도 끄떡없는 것처럼 보인다.

갑자기 가슴이 서늘해지며 알 수 없는 감정이 밀려들었다.

아무리 쳐도 무너지지 않는 벽과 마주선 기분!

넘을 수 없는 한계에 부딪친 느낌이라고나 할까?

"저, 정말 괴물 같은 놈이······!"
울컥!
입을 열자 핏물이 쏟아졌다.
"단주!"
동방인이 그를 향해 소리쳤다.
그때 사도무영이 천천히 도를 들어올렸다.
수라도의 도신에서 푸른 기운이 넘실대더니, 도신을 타고 회오리처럼 휘돌았다.
후우웅!
몸과 도가 온통 회오리바람에 휩싸인 것처럼 보이는 모습.
부딪치는 것은 그 무엇이든 부서질 것만 같다.
"자, 다시 붙어볼까?"
회오리바람 안에서 사도무영의 무심한 목소리가 흘러나온 순간, 동방효의 눈빛이 파르르 떨렸다.
자존심이 상하지만 창룡무원검마저 밀린 상황.
더구나 비룡검사와 백룡검사의 반 이상이 쓰러졌다.
'남은 자라도 살려야 돼!'
결정을 내린 그는 악을 쓰듯이 소리쳤다.
"철수한다! 모두 물러나라!"
장막심 등을 공격하던 자들 중 남은 자는 아홉. 그들은 명이 떨어짐과 동시에 몸을 날렸다.
장막심과 양류한, 만소개는 그들을 쫓지 않았다. 하지만 백룡검사를 상대하고 있던 도담과 적도광은 검을 멈추지 않았다.

수라곡을 친 놈들! 한 놈이라도 더 죽여야 했다.

두 사람은 도주하는 자들의 뒤를 쫓으며 검을 뻗었다.

"윽!"

도담을 상대하던 자의 어깨가 길게 찢어졌다. 그 상태에서도 백룡검사는 땅을 박차고 도담에게서 멀어졌다.

반면 적도광을 상대하던 자는 가까스로 공격을 막고 건물의 지붕 위로 올라갔다.

해쓱하니 일그러진 얼굴. 다시는 상대하고 싶지 않다는 표정. 찰거머리 같은 적도광의 공세에 질린 듯했다.

"지독한 놈들!"

사도무영은 벽검산장 무리가 완전히 사라진 뒤에야 도를 내렸다.

무리해서라도 공격했다면 벽검산장의 무리를 전멸시킬 수도 있었다. 하다못해 지옥마갑을 사용했다면 한둘은 더 처치했을 것이다. 대신 자신의 비기가 드러나고, 더 심한 내상을 입었을 테지만.

내일 당장 구천신교와 싸울지 모르는 상황. 한두 사람 더 쓰러뜨리기 위해 심한 내상을 입는 것은 결코 바람직한 일이 아니었다.

스윽, 입가를 닦아내는 그의 손에 핏물이 묻었다.

'제길, 회천수혼의 기운을 구성 정도만 내 것으로 만들었어도······.'

은근히 스스로에게 화가 났다.

용검회의 회주도 아니고, 그 한참 아래인 사람과 싸우다 내상을 입다니.

비록 숫자가 많긴 했지만, 그건 조금도 위안이 되지 않았다.

한편으로는 약이 올랐다.

눈을 감은 그는 무천도인의 속을 쑤셔보았다.

'사조님, 제자가 부상 입으니까 속이 시원하시죠?'

'······.'

무천도인은 아무런 말도 없었다. 사도무영이 마음속으로 한 말을 듣지 못했는지, 아니면 듣고도 모른 척하는 것인지······.

'말하기 싫으면 마슈.'

사도무영은 남몰래 입속의 피를 뱉어내고, 아무 일도 없었던 것처럼 몸을 돌렸다.

장막심 등이 있는 곳에 십여 구의 시신이 쓰러져 있었다.

어둠 때문에 더욱 검게 보이는 핏물.

시신과 핏물 위로 떨어져 내리는 눈이 유난히 더 하얗게 느껴졌다.

'그나마 다행이군.'

일행 모두가 자잘한 부상을 입은 상태였다. 만소개의 부상이 제일 크고, 나머지 네 사람도 여기저기 핏기가 보였다.

그래도 당장 움직이는데 지장이 될 정도는 아닌 듯했다.

"일단 이곳을 벗어나죠."

2.

탕!

탁자를 내리친 동방력의 눈빛이 동방효에게 꽂혔다.

"그렇게 자중하라고 했거늘! 왜 네 마음대로 움직인 것이더냐!"

"놈이 그 정도로 강할 줄은 전혀 예상치 못했습니다."

"네가 지금 무슨 일을 벌인 것인지 아느냐?"

백룡검사의 숫자는 모두 서른. 그중 일곱이 최근 한 달 사이에 죽었다. 비룡검사는 일백 중 서른 명이 넘게 죽었고.

전력의 이 할이 짧은 시간에 소멸된 것이다.

하지만 동방력은 그 이상 동방효를 추궁하지 않았다.

자신이라도 동방효처럼 했을 테니까.

'그놈이 그토록 강하단 말인가?'

벽검산장을 탈출하는 걸 보고 강하다는 건 익히 알았다.

그러나 동방효와 동방인, 세 명의 백룡검사가 함께 손을 쓰고도 참담하게 당할 것이라고는 생각지도 못했다.

자신이라면 그렇게 할 수 있을까?

솔직히 자신이 없었다. 평수라면 몰라도.

'대공을 이룬 경아라면 충분히 가능하겠지.'

동방력은 이마를 좁히고 동방효를 바라보았다.

"천마궁이 장안으로 이동하고 있다는 소식이다. 순우가 놈들이 그걸 핑계 삼아서 우리를 장안으로 끌어들이려고 했던 것 같은데, 때마침 구천신교가 선전포고를 하는 바람에 계획을 취소시킨 것 같다."

"하면 어떻게 하실 생각이십니까?"

"장안으로 가서 그들 대신 천마궁과 싸우느니 이곳에서 구천신교를 상대하는 게 낫다. 장안으로 가는 것은 그 후에 생각해 볼 일이지. 회주가 다 죽어갈 때쯤 말이야. 후후후후. 좌우간 중요한 것은 서두를 때가 아니라는 것이다."

"정천맹 일은 어떻게 처리하기로 하셨습니까?"

"일단 적 아우를 보내겠다. 적당히 둘러대고 돕는 시늉이라도 하다 보면, 그들도 별 의심을 하지는 않을 것이다."

"사영이라는 놈이 남장으로 간다면 제갈신운과 만날지 모르는데 괜찮을지 모르겠습니다."

동방력의 입가에 차가운 미소가 걸렸다.

"걱정할 것 없다. 너라면 지금 상황에서, 정천맹이 우리 용검회와 그놈 중 누구를 택할 거라 보느냐?"

동방효의 창백한 얼굴에도 가느다란 웃음이 떠올랐다.

"그렇군요. 아우가 괜한 걱정을 했나 봅니다. 더구나 그놈 곁에는 수상한 놈들이 있었습니다. 수라곡의 무공을 쓰는 놈들이었지요. 그 일로 추궁한다면, 놈도 어쩔 수 없을 겁니다."

"그래? 그거 잘 됐군."

동방력은 흡족한 웃음을 지으며 사안을 돌렸다.

"그럼 그 일은 적 아우에게 맡기고 너는 따로 할 일이 있다. 곧 경아가 나올 것이다. 네가 잠룡단과 함께 당분간 경아를 보좌하도록 해라."

순간, 동방효의 어깨가 잘게 떨렸다.

"대공을…… 이룬 겁니까?"

"아버님께서 사흘 정도면 대공을 이룰 것 같다고 하셨다. 그래서 더 화가 나는 것이니라. 이제 막 대계가 시작되려는데, 시작도 하기 전에 큰 피해를 봤으니……."

"죄송합니다, 형님. 그만큼 더 노력하겠습니다."

동방효는 이를 지그시 악물고 고개를 숙였다.

동방력은 동방효가 나가고 문이 닫히자, 태사의에 몸을 묻었다.

'구천신교가 마교진에 비밀거점을 마련한 이상 평화는 끝났다고 봐야겠지.'

아마 하루 이틀 사이에 남장을 공격할 것 같다. 그들과 정천맹이 전쟁을 벌이면 천하가 뒤숭숭해질 터. 동방가의 야망을 이루기에 적기였다.

'수백 년 동안 순우가에 머리를 조아리며 살아왔다. 후예들은 그리 살도록 만들지 않을 것이다.'

세상이 피로 물들더라도!

3.

새벽녘, 마교진의 계곡에서 무사들이 쏟아져 나왔다.

말없이 움직이는 무사들의 숫자는 모두 사백. 그들은 계곡에서 나오자마자 동쪽으로 달려갔다.

마교진의 계곡에서 무사들이 출발했다는 소식이 현유의 귀에 들어간 것은 그로부터 한 시진 후였다.

"지원무사는 모두 사백, 오시(午時)면 도착할 것입니다, 일령주."

현유는 수하의 보고를 받고 하얀 웃음을 지었다.

현재 자신이 이끄는 무사의 숫자는 현무단 일백에 묵혼단 이백, 총 삼백이다. 사백이 더 온다면 칠백. 그 정도면 정천맹이 총력을 기울이지 않는 한 승리는 자신의 것이었다.

"정천맹의 상황은?"

"지금쯤 구룡단과 정검당이 도원장에 도착했을 것입니다."

그들의 움직임은 이미 알고 있었다. 마교진에서 지원무사를 보낸 것도, 그들이 정천맹 총단에서 파견되었다는 정보를 입수했기 때문이었다.

'크크, 부처 손바닥 위의 원숭이 같은 놈들.'

현유는 입술을 비틀며 조소를 지었다.

"그들만으로 우리를 막을 수 있을까?"

"우리는 저들을 알고 있는데, 저들은 우리를 모릅니다. 그 차이는 결코 작은 게 아니지요."

"후후후, 옳은 말이다. 제갈신운, 이제 그대의 운도 다 된 거 같군."

4.

제갈신운은 제갈세가와 가깝게 지내는 도원장에 거점을 마련하고, 그곳을 정천맹의 임시분타처럼 사용하기로 했다.

구룡단과 정검당이 도착한 것은 그로부터 나흘이 지난 아침 무렵이었다.

한데 그날 사시(巳時)가 지날 즈음, 마침내 제갈신운의 귀에도 구천신교에서 지원무사가 움직였다는 소식이 들렸다.

"얼마나 된다든가?"

"사백 정도 되나 봅니다."

"으음……. 생각보다 많군."

한쪽에 앉아 있던 중년도인이 입을 열었다.
"제갈 단주, 어떻게 하실 생각이시오?"
제갈신운은 중년도인을 바라보았다.
조금 마른 얼굴에 검은 수염을 단정하게 손질한 사십 대 중반의 도인, 그가 바로 구룡단의 단주인 화산의 우경도장이었다.
"일단 어떠한 자들이 왔는지 알아보는 게 순서일 것 같습니다."
우경도장 옆에 있던 도인이 불쑥 끼어들었다.
"굳이 그럴 거 있습니까? 어차피 언젠가는 부딪칠 수밖에 없는 놈들인데, 더 늦기 전에 놈들을 칩시다, 단주."
제갈신운의 눈이 그를 향했다.
부리부리한 눈만 봐도 성격을 알 것 같은 그는 정검당의 당주인 종남의 정영자였다.
"정천맹 맹도들의 목숨이 달린 일이오. 의욕이 넘치는 것은 좋지만, 그것만으로 상대하기에는 너무 위험한 자들이오."
정영자는 슬그머니 눈을 돌렸다.
그는 내심 불만이 많았다. 오대세가가 주력인 오호단의 단주가 일을 주관하는 것도 마음에 들지 않았고, 적이 앞에 있는데 마냥 기다린다는 것도 탐탁지 않았다.
'소심하기는……'
그때 제갈경운이 조심스럽게 자신의 생각을 말했다.

"그런데 형님, 아무래도 놈들이 총단에서 나와 가까운 곳에 새로운 거점을 마련한 것 같습니다."

"그리 생각하는 이유는?"

"놈들의 움직임이 너무 갑작스럽게 포착되었습니다. 아무리 보강 너머에 저희 정보원들이 적다고 해도, 그 정도 인원이 움직였다면 뭔가 이상한 기미를 눈치챘을 텐데 말입니다."

일리가 있는 말이었다.

하기에 제갈신운의 표정이 급변했다. 그 사안의 중요성을 아는 것이다.

적의 주력이 가까이 있다면, 그만큼 위험이 배가 되었다는 뜻.

"그도 그렇군. 전 무사들에게 비상을 걸고, 비영당과 정첩당의 대원들을 파견해서 놈들의 움직임을 하나도 놓치지 말라고 하게."

"알겠습니다."

조용히 듣고만 있던 남궁성이 제갈신운을 바라보았다.

"단주, 차라리 보강 쪽으로 이동해서, 주요 길목을 막고 저들의 동진을 견제하는 게 어떻겠습니까? 보강이 가까우면 그만큼 저들의 움직임도 빨리 알 수 있을 것 같습니다만."

"길목을 막는다? 흠……. 자칫하면 위험할 수도 있는데……."

하지만 그만큼 장점도 많았다.

제갈신운은 우경도장의 의견을 물어보았다.

"어떻게 생각하십니까?"

우경도장으로선 적에게 가까이 다가선다는 것이 마음에 들었다. 정영자 역시.

"빈도는 찬성이오."

"괜찮은 생각입니다. 가까이 있어야 기회가 될 때 놈들을 칠 수 있을 것 아니겠습니까?"

제갈신운은 여전히 불안감이 가시지 않았지만, 그들의 의견을 무시할 수만은 없었다.

"경운, 적당한 곳이 있을까?"

잠시 생각한 제갈경운이 한 곳의 지명을 말했다.

"선평이라면 사오백 명이 머물기에 적당할 겁니다."

"좋아, 그럼 놈들이 눈치채기 전에 움직여야겠군."

결정된 이상 망설일 것이 없었다.

제갈신운의 눈이 간부들을 향했다.

"모두 수하들을 대기시키도록 하시오. 준비가 갖춰지는 대로 출발하도록 하겠소. 그리고 경운, 벽검산장에서 연락 온 것은 없느냐?"

1.

 사도무영 일행은 격전장에서 멀리 떨어진 객잔을 얻어 밤새 내외상을 돌보고는, 아침식사를 마치자마자 의성을 떠났다.
 그날 오후.
 남장에 도착한 사도무영 일행은 일단 객잔에 방을 구했다.
 많은 사람들의 시선이 남장을 주시하고 있는 상황. 드러내놓고 움직이기에는 상황이 어정쩡했다.
 도담과 적도광은 이유야 어쨌든 본래 구천신교의 사람이 아닌가. 구천신교 정보원들이 두 사람을 알아본다면 일이 묘하게 꼬일지 몰랐다.
 벽검산장이야 말할 것도 없고.

방에서 음식을 시켜 먹은 후, 사도무영은 만소개를 시켜 돌아가는 상황을 알아보았다.

 만소개는 이각 만에 사도무영 일행이 있는 객잔으로 달려왔다.

"도원장에 있던 정천맹의 무사들이 보강 쪽으로 이동했소."

사도무영은 눈살을 찌푸리며 만소개에게 물었다.

"갑자기 이동한 이유가 있을 것 같은데?"

"구천신교에서 지원무사가 나왔다고 하오. 해서 남장 서쪽이 완전히 봉쇄되기 전, 유리한 지역을 차지해서 그들의 움직임을 견제하려는 것 같소."

이해 못할 바는 아니었다. 하지만 너무 위험했다.

'하긴 제갈 단수도 급했겠지. 남장 서쪽이 봉쇄되면 그만큼 입지가 좁아질 테니까.'

사도무영은 만소개를 바라보았다.

"정천맹 무사들의 정확한 위치는 알아보았소?"

"백 리 정도 떨어진 선평으로 갔다고 하오."

사도무영은 잠시 생각하더니 도담과 적도광을 바라보았다.

"두 사람은 운양장으로 가서 내 명령을 기다리시오. 우리는 선평으로 가서 상황을 알아봐야겠소."

선평은 남장과 달랐다. 만에 하나 그곳에서 구천신교 사람들과 싸움이라도 벌어지면, 두 사람이 수라곡의 사람이었다는 게 드러날 것이 분명했다.

 사도무영은 두 사람이 곤란한 처지에 놓이는 것을 원치 않았다.

 도담과 적도광은 사도무영의 뜻을 어렴풋이 짐작하고 고개를 숙였다.

"명대로 따르겠습니다, 령주."

 사도무영 일행이 객잔을 나오는데 무사 다섯이 앞을 막았다.

"잠깐 멈추시오!"

 나이는 서른 전후 정도였는데, 복장이나 무기만 보고는 상대가 누군지 알 수가 없었다.

"무슨 일이오?"

"우리는 정천맹 남장분타인 도원장 사람들이오. 정천맹의 명으로 남장에 들어온 무사들의 신분을 조사하고 있소. 그러니 순순히 협조해 주었으면 하오."

 입을 연 자는 맨 앞에 있던 삼십 대 무사였다. 그는 목에 힘을 주고 정천맹이라는 이름을 유난히 강조했다.

 만소개가 고개를 쳐들고 그를 노려보았다.

"나는 개방의 만소개요. 바쁜 일이 있어서 그러니 그만 비켜주시오."

 개방은 정천맹을 이루는 주요세력 중 하나. 그 이름만으로도 충분할 거라 생각했다.

그러나 도원장의 무사는 쉽게 비켜주지 않았다.

구대문파나 오대세가라면 몰라도, 개방이라는 이름으로는 그들의 기를 꺾지 못했다.

비록 임시긴 하지만, 도원장은 현재 정천맹의 남장분타가 아닌가.

"개방의 만소개? 처음 듣는 이름이군. 다른 분들은 어느 문파의 분들이시오?"

만소개의 눈썹이 역팔자로 꺾어졌다.

"거 되게 말 못 알아듣네. 바쁜 일이 있다고 했잖소?"

"그거야 당신 사정이지. 자신의 신분만 밝히면 되는데 뭐가 어려워서 말 못한단 말이오?"

만소개가 타구봉을 움켜쥐었다.

'일 한 번 저질러?'

하지만 사도무영이 나서는 바람에 실행으로는 옮기지 못했다.

"나는 사영이라고 하오. 그리고 이분들은 나와 일행이오. 아마 오호단주이신 제갈신운 대협께 물어보면 아실 거요."

도원장의 무사는 사도무영을 재빨리 훑어보았다.

나이는 잘해야 스물 두엇. 옷도 지저분해 보였다. 큰 키와 쭉 빠진 몸매는 제법 그럴 듯했지만.

'어디서 제갈 대협의 이름은 들었나 보군.'

그는 나이도 어린 사도무영이 제갈신운과 친분이 있을 거라고는 눈곱만큼도 생각지 않았다.

"그분은 지금 이곳에 안 계시오. 그러니 사문을 말해보시오."

사도무영은 슬그머니 짜증이 났다. 그러나 소란을 피워 봐야 좋을 게 없다는 걸 알기에 살짝 돌려서 말했다.

"귀천도관 출신이오."

'그럼 그렇지. 자식, 내가 너 처음 봤을 때부터 이름도 없는 문파 출신인 줄 알아봤다.'

도원장의 무사는 피식 웃으며 고개를 돌렸다.

문득 그의 눈빛이 묘하게 반짝였다.

"거기 여자처럼 생긴 친구, 당신은 사문이 어떻게 되지?"

사람들의 표정이 묘하게 일그러졌다. 사도무영도 어깨를 으쓱 추켜올리고 고개를 흔들었다.

양류한은 입을 꾹 닫은 채 도원장의 무사를 향해 다가갔다.

아무도 말리지 않았다. 사도무영 역시.

그리고 곧 기대했던(?) 대로, 둔탁한 소리와 함께 숨넘어가는 소리가 들렸다.

퍽!

"끄윽."

잠시 후. 사도무영 일행은 서둘러서 남장을 빠져나왔다.

"잘했네. 자네가 손을 쓰지 않았으면 내가 혼을 냈을 거네.

어디서 주둥이를 함부로 놀려."

장막심이 시원하다는 투로 말했다.

양류한은 아무 말도 하지 않고 사도무영의 표정을 살폈다.

"미안하오, 사도 형. 나중에 마찰이 생기면 내가 책임지겠소."

"사람을 얕보고 괄시하는 자들은 그런 꼴을 당해도 쌉니다. 뭐 조금 심하게 손을 쓰긴 했지만, 그로 인해서 시간을 단축했으니……."

2.

신평은 약 이백 호 정도의 작은 마을로, 보강에서 남장으로 가려면 반드시 거쳐야 하는 중요 요충지였다.

물론 작정하고 사오십 리 정도 돌아간다면야 굳이 선평을 거치지 않아도 되지만.

제갈신운은 마을의 촌장에게 부탁해서, 충분한 돈을 주고 집 이십여 채를 빌렸다.

새우잠을 잔다면 한 집에 이십여 명은 머물 수 있을 터. 그 정도면 오백 명이 머물기에 크게 모자라지는 않았다.

남장을 떠나올 때 가져온 식량은 사흘 분. 음식재료는 사흘마다 도원장에서 조달해 주기로 했다.

장기간 머물 터전을 마련한 제갈신운은 무사들을 풀어 보강 일대의 주요 길목을 철저히 감시하게 했다.
 그리고 비영당과 정첩당 대원 십여 명을 뽑아 구천신교의 지원무사들이 어디에서 왔는지 조사하도록 했다.
 그렇게 지시를 내린 제갈신운은 각 단체의 주요 간부들을 소집했다.
 이동계획은 갑자기 세워졌고, 그의 지휘 하에 전격적으로 시행되었다. 그래서인지 구천신교는 아직 아무런 반응도 보이지 않았다.
 하지만 언제까지 모를 거라고는 생각지 않았다.
 "저들도 지금쯤은 알게 되었을 거네."
 제갈신운의 말에 남궁성이 물었다.
 "어떻게 나올 거라고 보십니까?"
 제갈신운이 무거운 표정으로 말했다.
 "둘 중 하나겠지. 공격하든가, 아니면 지켜보든가."

 그 시각.
 현유는 칠백 무사를 이끌고 보강을 떠나 선평으로 향했다.
 마교진에서 지원무사들이 도착한 지 반 시진 정도 지날 무렵, 정천맹이 선평으로 이동했다는 정보가 들어왔다.
 그 말을 들은 그는 곧장 무사들을 모조리 집결시켰다.
 단숨에 제갈신운을 무너뜨리고, 정천맹에 타격을 줄 작정이었다.

 밤에 공격하지 않고, 대낮에 정면으로 공격해서!

 그래야 자존심이 완전히 무너질 테니까.

 보강을 출발한 지 한 시진이 지난 신시 무렵, 현유의 입가에 차가운 미소가 걸렸다.

 "드디어 선평이군."

 저 멀리, 하얗게 변한 수백 장 높이의 산을 양쪽에 두고 백색 벌판이 펼쳐져 있었다. 선평이었다.

 정천맹의 경비무사들이 자신들의 출현을 알고 정신없이 움직이는 게 보인다.

 현유는 냉소를 지은 채, 한 걸음에 오 장씩 죽죽 미끄러졌다.

 "구천신교의 교도들이여! 본교의 위대함을 보여라! 정천맹의 위선자들을 처단해서 세상에 우리가 나왔음을 알려라!"

 명령이 떨어진 순간, 칠백 무사가 그의 좌우에서 파도처럼 밀려나갔다.

 "현천의 제자들이여! 정면을 뚫어라!"

 "화화교의 교도들과 금황교도들은 좌측을 맡는다!"

 "신월교와 수밀교의 교도들은 우측을 쳐라!"

 "일양교와 목령교의 교도들은 후면을 친다!"

 "어둠이 세상을 지배하리니!"

 쏴아아아아!

구천신교의 교도들은 일제히 무기를 빼들고 선평을 향해 달렸다.

그 모습이 마치 수백 마리의 검은 이리떼가 하얀 천 위를 달려가는 듯했다.

현유는 그 모습을 보며 유유히 걸음을 옮겼다.

'세상은 곧 나 현유의 이름을 기억하게 될 것이다!'

구천신교의 무사들이 마을로 들어오면 양민들이 다칠지 모르는 일. 정천맹 무사들은 마을 앞쪽에 있는 농지로 달려 나가서 적이 다가오기를 기다렸다.

겨울이 되어 말라붙은 농지에는 하얀 눈만 엷게 쌓여 있었다.

"각자 맡은 방위를 철저히 방어하라!"

제갈신운의 목소리가 선평 하늘에 울려 퍼졌다.

구천신교가 오고 있다는 것이 알려진 것은 일각 전이었다. 예상했던 것보다 훨씬 빠른 행보였다.

하루 정도는 여유가 있을 거라 생각했거늘!

그만큼 자신이 있단 말인가?

제갈신운은 이를 지그시 악물고 자신의 애검을 부드럽게 감아쥐었다.

거리가 오십여 장으로 줄어들자, 구천신교의 무사들이 부챗살처럼 퍼졌다.

제갈신운은 천천히 검을 뽑았다.

때맞춰 흐린 하늘에서 간간이 눈이 떨어졌다.

'정의를 위하여!'

3.

선평을 십 리 정도 남겨 놓았을 즈음, 사도무영은 갑자기 걸음을 멈추고 전면을 노려보았다.

"무슨 일인가?"

장막심이 의아한 표정으로 물었다.

"형님, 잠깐만요."

사도무영은 장막심의 입을 막고 눈을 반쯤 감았다.

곧 그의 표정이 석고상처럼 굳어졌다.

"제길! 갑시다!"

사도무영의 신형이 앞으로 쭉 날아갔다.

장막심 등은 사도무영을 따라 신형을 날렸다.

영문을 알 수는 없었다. 그러나 의문을 품지는 않았다.

사도무영이 서두르고 있다는 것. 그것이 의미하는 것은 하나였다.

저 앞에서 뭔가 큰일이 벌어졌다는 것!

사도무영 일행이 오 리쯤 달렸을 때였다. 저 앞에서 달려오는 사람들이 보였다.

숫자는 칠팔십 명 정도. 개중에는 승려도 있고, 도인도 있고, 일반무사들도 있었다. 정천맹의 무사들이었다.

장막심 등은 눈을 부릅떴다. 사도무영이 갑자기 서두르는 이유를 확실히 알게 된 것이다.

'어떻게 안 거지?'

거리가 가까워지자 정천맹 무사들의 상태가 확연히 눈에 들어왔다.

옷은 피로 물들어 있고, 대부분 크고 작은 부상을 입은 상태였다.

사도무영은 그들을 둘러보며 제갈신운을 찾았다.

보이지 않았다.

정천맹의 무사들도 사도무영 일행을 보고 멈칫했다.

개중 일부는 적대감을 드러내며 공격 자세를 취했다.

"웬 놈들이냐!"

만소개가 앞으로 나오며 그들을 향해 소리쳤다.

"개방의 만소개입니다! 돕기 위해 왔습니다!"

그제야 정천맹 무사들의 자세가 풀어졌다. 한편으로는 달랑 넷이서 도우러왔다는 것에 실소를 금치 못했다.

"원시천존, 만소개라면 철표개 장로님의 제자가 아닌가?"

우경도장이 만소개라는 이름을 기억해내고 물었다.

"맞습니다. 혹시 구룡단주이신 우경도장님이 아니십니까?"
"빈도가 우경이네. 그런데 어찌된 일인가?"
"용호이단과 정천맹의 무사들이 선평으로 갔다고 해서 가던 중입니다."
"가봐야 소용없네. 놈들이 몰려와서 후퇴하는 중이네."
"제갈 단주님은……?"
"제갈 단주는 후면을 막고 있네. 곧 도착할 게야."
우경도장은 말을 하는 도중에 살짝 얼굴을 붉혔다.
근 일천 무사가 뒤엉켜 싸웠다.
난생 처음 겪는 아비규환의 혈전!
하얗던 눈벌판이 시뻘건 혈지로 변하는 것은 순식간이었다.
비명과 신음. 귀청을 찢는 고함소리가 끊임없이 들려왔다.
그 와중에, 제갈신운이 뒤를 맡겠다며 먼저 가라고 했다. 한데 자신은, 자신과 구룡단이 대신 남겠다는 말을 하지 못했다.
그 말을 하지 못한 게 부끄러웠다. 당시에는 그저 지옥으로 변한 전쟁터를 조금이라도 빨리 떠나고 싶은 마음뿐이었다.
제갈신운은 온몸이 피로 물든 채 적과 치열한 접전을 벌이고 있거늘!
우경도장은 이를 악물어 부끄러움을 떨치고 만소개에게 말했다.
"즉시 남장으로 가서 이선을 구축해야 하네. 자네들도 돌아가는 게 나을 것 같군."

만소개는 힐끔 사도무영을 쳐다보았다.
사도무영은 무심한 눈으로 우경도장을 바라보았다.
"그럼 먼저 가 보십시오. 저희는 제갈 단주님께 가 보도록 하겠습니다."
우경도장의 눈이 사도무영을 향했다.
하지만 사도무영은 더 이상의 대화가 무의미하다는 걸 알고 몸을 돌렸다.
한마디 할 시간에 한 사람을 구하는 게 나았다.
송우도장이 눈살을 찌푸리며 사도무영의 뒷모습을 바라보았다. 우경도장의 말을 무시하는 것처럼 보인 것이다.
"허어, 어른이 말하는데 어디……."
우경도장이 손을 들어 송우도장을 말렸다.
"그만 가세. 저 청년은 제갈 단주를 도우러 가겠다고 하지 않는가?"
송우도장은 당사자가 말리자 고개를 돌리고 화를 눌렀다.
"예, 단주."
우경도장은 슬쩍 사도무영의 뒷모습을 바라보았다.
'꽤나 무뚝뚝한 젊은이군.'
솔직히 그도 기분이 나빴다.
그러나 그러한 기분을 표현할 만한 정신상태가 아니었다. 게다가 사도무영이 제갈신운을 도우러 가겠다고 하니 따지고 싶지도 않았다.

우경도장은 씁쓸한 표정으로 고개를 젓고는 다시 걸음을 옮겼다.

그는 사도무영이 왜 그의 말을 무시했는지 알지 못했다.

제갈신운은 선평에서 남장으로 빠져나가는 계곡을 틀어막은 채, 서서히 물러서며 적을 상대했다.

선평에서 계곡까지의 거리는 이백여 장. 하얗던 눈길에는 수백 구의 시신이 만든 붉은 주단이 길게 펼쳐져 있었다.

남은 인원은 백여 명. 반은 오호단의 단원들이었고, 제갈세가와 정검당의 무사가 나머지를 차지했다.

반면에 적은 삼백여 명. 실력도 큰 차이가 없는데 인원이 세 배나 된다.

얼마나 견딜 수 있을까? 일각? 아니면 이각?

구룡단을 보내지 않았다면 한 시진은 견딜 수 있었다. 그러나 분명한 것은, 그들이 있어도 전멸은 기정사실이라는 점이었다. 시간이 문제일 뿐.

그래선 안 되었다. 용호이단 중 하나는 살아서 돌아가야 했다. 나중을 위해서라도.

'벽검산장에서 사람들이 왔는지 모르겠군. 그들만 왔다면 맹에서 추가 지원무사가 올 때까지 남장을 방어할 수 있을 텐데……'

만약 그들이 오지 않았다면, 남장까지 구천신교에 넘어갈 것이다.

이제 운은 하늘에 맡기는 수밖에.

"하하하하, 제갈신운! 그대가 강하다는 건 인정하마! 그러나 대세는 이미 기울었다! 그만 포기하고 검을 내려라! 그러면 목숨은 살려주마!"

현유의 목소리가 계곡을 흔들었다.

제갈신운은 이를 악물고 검을 쥔 손에 힘을 주었다.

"이놈! 내 시신을 밟기 전에는 절대 이곳을 지날 수 없을 것이다!"

"정 고집부리겠다면 할 수 없지! 정천맹의 신룡이 결국 이곳에서 죽게 생겼구나!"

"헛소리 마라! 네놈 마음대로 되지는 않을 것이다!"

제갈신운은 냉랭히 소리치고 현유를 향해 날아갔다.

구천신교의 무사들을 이끄는 놈이다. 놈을 죽이면 상황이 조금이나마 달라질 것이었다.

물론 죽이기 쉬운 상대가 아니라는 것을 모르진 않았다. 이미 십여 초 겨루어 봤으니까.

현유도 전 공력을 끌어올리고 제갈신운을 맞이했다.

그동안 묵령기를 펼치고도 우세를 잡지 못했다.

천유검 제갈신운.

정천맹의 신룡이라는 말이 허언이 아니었다.

어쩌면 그래서 더 제갈신운의 목이 욕심나는 것일지도 몰랐다. 제갈신운만 죽이면 자신의 이름이 세상을 뒤흔들게 될 테니까.

"그대만큼은 반드시 죽일 것이다, 제갈신운!"

가슴까지 끌어올린 그는 날아드는 제갈신운을 향해 검을 뻗었다.

시커먼 묵령기가 묵룡처럼 꿈틀거리며 솟구치고, 일순간! 두 사람의 기운이 정면으로 충돌했다.

콰광!

청광과 묵광이 폭죽처럼 터지며 사방으로 비산했다.

제갈신운과 현유의 몸도 뒤로 주욱 밀려났다.

순간이었다.

현유의 뒤쪽에서 두 사람이 독수리처럼 날아서 제갈신운을 덮쳤다.

대도를 사용하는 자는 묵혼대주 당규였고, 갈고리가 달린 기형검을 사용하는 자는 현무당주 응이상이었다.

막 중심을 잡은 제갈신운은 전력을 다해 몸을 휘돌리며 검을 뻗었다.

떠더덩!

하지만 당규와 응이상은 현유에게 그리 떨어지는 것이 없는 초절정의 고수들이었다.

현유에 이은 두 사람의 협공은 제갈신운의 내부를 뒤흔들어 버렸다.

"크윽!"

끝내 뒤로 주르륵 물러서는 제갈신운의 입에서 억눌린 신음이 흘러나왔다.

"형님!"

남궁성이 악을 쓰듯 외쳤다. 그러나 그의 상황도 좋지 않아서 돕고 싶어도 도울 수가 없었다.

"물러서시오! 그는 내가 죽일 것이오!"

현유가 소리치며 당규와 웅이상의 앞으로 나섰다.

얼굴이 창백하게 질려 있던 두 사람은 제갈신운을 노려보며 뒤로 물러났다.

현유가 대등하게 대결하는 걸 보고 둘이면 충분할 거라 여겼다. 그런데 그게 아니었다. 만약 처음부터 둘이 제갈신운과 싸웠다면, 패배는 둘의 몫이 되었을 것이었다.

"제길, 정말 대단한 놈이야."

현유는 묵령기가 넘실거리는 검을 사선으로 늘어뜨리고 제갈신운을 향해 다가갔다.

"억울해 하지 마라. 어차피 하늘은 곧 어둠이 지배하게 될 테니까."

제갈신운은 안간힘을 다해 몸을 세우고 검을 다시 그러쥐었다.

'후후후, 나 제갈신운의 명이 겨우 이것밖에 안 됐나?'

태어날 때 하늘에서 유성이 우박처럼 쏟아졌다고 했다. 부모님은 영웅이 태어났다며 좋아했다고 한다. 그런데 이렇게 죽어야 하다니…….

'좋아, 죽을 때 죽더라도 영웅답게 죽겠다!'

제갈신운은 숨을 크게 들이쉬고는, 깊게 잠들어 있는 선천진기를 깨우기 시작했다.

선천진기를 쓰고 나면 죽게 될 것이다.

그래도 맥없이 당하는 것보다는 나았다. 다른 사람을 구할 수 있을지도 모르고.

'최소한 네놈만큼은 지옥으로 데려가마!'

현유를 노려보는 제갈신운의 눈에서 불길이 솟구쳤다.

현유는 제갈신운의 몸에서 갑자기 강한 기운이 느껴지자, 그 즉시 상황을 짐작하고 벼락같이 몸을 날렸다.

신천진기가 완전히 깨어나기 전에 죽이지 못하면, 거꾸로 자신이 위험해질지 몰랐다.

"어림없다, 제갈신운!"

아직 반 정도밖에 선천진기를 깨우지 못한 제갈신운은 이를 악물었다.

이미 피하기에는 늦은 상황이었다.

되든 안 되든 정면으로 부딪치는 수밖에!

"와라, 이놈!"

바로 그때였다.

"현유!"

외마디 일갈이 계곡을 뒤흔들었다.

제갈신운을 향해 날아가던 현유의 눈이 허공을 향했다.

찰나, 눈을 부릅뜬 현유의 안색이 창백하게 굳어졌다.

'저, 저놈은……!'

이 장 허공을 밟으며 한 사람이 날아온다.

옷과 머리를 묶은 모습이 다르긴 하지만, 눈빛과 목소리가 그에게 악몽을 가져다 준 놈과 똑같았다.

어찌 잊으랴!

자신의 꿈을 박살낼 뻔했던 놈. 조화설을 데려간 놈이거늘!

그는 제갈신운을 향해 뻗어가던 검에서 진기 일부를 거두었다.

이대로 전력을 다해 격돌한다면, 제갈신운에게 치명적인 내상을 입힐 수 있을 것이다. 그러나 그도 사도무영의 공격에 극심한 피해를 입을 게 분명했다.

제갈신운과 자신의 목숨을 맞바꾼다는 것은 말도 안 되는 일이었다.

쩌정!

현유는 제갈신운과 부딪친 반탄력을 이용해 뒤로 날아갔다.

제갈신운은 다시 한 번 신음을 흘리며 뒤로 다섯 걸음을 물러섰다.

"크으윽."

동시에 사도무영이 그의 앞에 내려섰다.

"어서 진기를 가라앉히십시오!"

제갈신운은 사도무영의 목소리를 알아듣고, 다시 한 번 혼신의 힘을 다해 진기를 모았다.

아직 선천진기를 완전히 끌어낸 것이 아니었다. 그 말인즉 절망의 상황은 아니라는 말이었다. 회복하려면 시간이야 걸릴 테지만.

사도무영은 뒤를 보지도 않고, 곧장 현유를 향해 다가갔다.

"어디 나와 싸워보자, 현유!"

당규와 응이상이 사도무영을 향해 달려들었다.

"이놈! 여기도 있다!"

"건방진 애송이! 죽으려고 환장했구나!"

두 사람은 아직 사도무영을 알아보지 못한 듯했다. 한데도 현유는 그들에게 사도무영의 정체를 알려주지 않았다.

'저놈에게 부상을 입힐 수만 있다면 죽어도 상관없어!'

알려주면 적극적인 공격을 자제할지 몰랐다. 그럼 결국 자신이 나서야 한다는 말인데, 당장은 자신이 없었다.

사도무영은 달려드는 두 사람을 무심한 눈으로 쳐다보며 도를 들었다.

그의 도에서 청광이 어른거리며 피어났다.

언뜻 보면 별 볼일 없어 보이는 단순한 도기 같았다.

당규와 응이상은 그가 제갈신운을 지키기 위해서 피하지 않는 거라 생각했다.

단순해 보이는 도기 속에 하늘을 쪼갤 벼락이 숨어 있다는 건 까맣게 모른 채!

"죽어라, 이놈!"

당규는 단숨에 머리를 쪼갤 것처럼 대도를 내리쳤다.

뒤이어 응이상이 기형검을 뻗으며 심장을 노렸다.

두 사람의 무기에서 뻗어 나온 시퍼런 강기는 금방이라도 사도무영의 머리를 쪼개고 심장을 터트릴 것 같았다.

찰나였다.

사도무영이 수라도를 뒤집으며 사선으로 그었다.

쩌저적!

벼락 치는 소리와 함께 두 줄기 번개가 대도와 기형검을 후려쳤다.

콰광!

번개는 단순히 상대의 무기만 튕겨낸 것이 아니었다.

무기를 통해 가공할 충격이 내부를 흔들었다.

"흐읍!"

"크윽!"

뒤로 튕겨진 두 사람은 안색이 흙빛으로 변한 채 정신없이 물러섰다.

잠시 멈칫한 사도무영은 용천풍을 펼치며 두 사람을 공격했다.

신형이 죽 늘어나며 두 사람을 향해 날아가는 모습이 마치 유령처럼 보일 지경이었다.

당규와 응이상은 혼신을 다해 사도무영의 도를 막았다. 이미 상대를 얕보던 마음은 구만 리 밖으로 달아난 상태였다.
 따다다당!
 찰나의 순간, 세 사람의 기운이 십여 번 충돌했다.
 당규와 응이상은 거의 반사적인 움직임으로 사도무영의 공격을 막아냈다.
 하지만 그 충격에 손목이 부서지고, 가슴이 꽉 막혀서 당장 심장이 터질 것 같았다.
 그러다 어느 순간!
 번쩍!
 수라도의 도첨에서 청광이 폭발하는가 싶더니, 입을 떡 벌린 당규가 뒤로 튕겨졌다.
 "헉!"
 수라참광이 그의 좌수를 반쯤 잘라버린 것이다.
 사도무영은 거기서 멈추지 않고, 몸을 홱 돌리며 응이상을 향해 도를 휘둘렀다.
 일곱 줄기 도세가 응이상을 갈가리 찢어발길 것처럼 밀려갔다.
 응이상은 회칠을 한 것처럼 얼굴이 하얗게 변한 채 바닥을 굴렀다.
 사도무영은 그를 쫓지 않았다. 연속된 공세에 적지 않은 공력손실을 입은 듯 수라도로 땅을 짚고 숨을 몰아쉬었다.
 현유는 그런 사도무영을 노려보며 검을 든 손에 공력을 집중했다.

 당규와 응이상이 단 몇 초만에 당한 것은, 두 사람이 약해서가 아니었다. 방심하지 않았다면 훨씬 더 싸움이 길어졌을 것이다.

 그러니 사도무영의 내력이 흔들린 것도 어쩌면 당연했다.

 절호의 기회!

 현유는 땅을 박차고 사도무영의 측면으로 달려들었다.

 '사영, 죽어라!'

 거리는 찰나에 삼 장으로 좁혀졌다.

 아직까지 도를 땅에 꽂고 있다. 자신의 공격을 눈치채지 못한 것 같다.

 현유의 입가로 잔혹한 미소가 번졌다.

 이 장의 거리. 그때 사도무영이 고개를 돌렸다.

 도는 여전히 땅에 꽂혀 있는 상태.

 도를 아무리 빠르게 들어 방어한다고 해도 그의 검을 막는다는 건 불가능한 상황이다.

 '이놈! 늦었······.'

 득의만면하던 현유의 표정이 찰나의 순간에 괴이하게 일그러졌다.

 사도무영의 심장을 향하던 검끝이 무형의 벽에 부딪친 것처럼 미끄러지는 것이 아닌가!

 게다가 상대의 입가에 떠오른 기묘한 웃음.

순간, 사도무영의 좌수에서 구성의 공력이 실린 풍뢰수가 작렬했다.

피하고 자시고 할 틈도 없었다.

현유는 반사적으로 좌수를 내밀고는, 몸을 웅크려 충격을 최소화했다. 무형묵령기를 펼칠 시간적인 여유도 없었다.

쾅!

쇠북 치는 소리가 울리고, 비명도 지르지 못한 그가 삼 장이나 튕겨졌다.

"일령주!"

오호단원들을 상대하고 있던 현유의 친위호법, 묵령오위가 그를 향해 달려갔다.

사도무영은 더 이상 현유를 공격하지 않고 제갈신운이 있는 곳으로 신형을 날렸다.

죽진 않았지만, 내장이 뒤틀리고, 혈맥이 몇 군데는 터졌을 것이다. 왼팔은 뼈가 가루처럼 바스러졌고.

살았다고 해서 산 것이 아니었다. 아마 평생을 고생하며 살아야 할 것이다.

그런 자의 목숨을 끊는 것보다 제갈신운을 살리는 게 먼저였다. 뭐가 잘못 됐는지, 제갈신운은 지금 얼굴이 검게 변하고 핏줄이 툭툭 불거진 상태였다.

퍼버벅!

제갈신운 옆에 내려선 사도무영은 그의 혈도 몇 군데를 연속적으로 가격했다.

"우웩!"

핏덩이를 한 움큼 토해낸 제갈신운의 몸이 잘게 떨렸다.

"어떻게 된 겁니까?"

"선천진기를……."

그제야 상황을 대충 짐작한 사도무영의 안색이 딱딱하게 굳어졌다.

그때였다. 한쪽에서 구천신교의 무사와 한바탕 드잡이질을 벌이고 있던 장막심이 고함을 질러서 그를 불렀다.

"아우! 아무래도 후퇴해야 할 것 같네!"

사도무영 일행이 끼어들었다고 달라질 상황이 아니었다. 전멸의 시간을 늦추었을 뿐.

그나마 다행이라면, 현유와 당규, 웅이상이 무너지자 구천신교의 공격도 느슨해졌다는 점이었다.

하지만 곧 복수라는 미명 하에 더욱 거센 공격이 시작될 터, 기회가 왔을 때 물러나야 했다.

더구나 구천신교의 강자들이 현유의 부상을 알고 사도무영이 있는 곳으로 몰려오는 상황이 아닌가.

개중에는 담무곡, 철사명, 대유청 등 호교무장전에 나섰던 자들도 있었다.

그들은 사도무영을 알아보고 표정이 석상처럼 굳어 있었다.

사도무영은 일단 가까이 있는 만소개를 불렀다.

"만소개 형, 제갈 대협을 업고 즉시 이곳을 벗어나시오."

만소개가 달려오더니 제갈신운을 업었다.

제갈신운은 가타부타 아무 말하지 않고 만소개의 등에 업혔다.

"장 형님! 양 형! 만소개를 호위해 주십시오!"

장막심 등은 이미 벽검산장에서 비슷한 상황을 겪은 사람들이었다.

그들은 이것저것 묻지 않았다. 상대하던 자를 최대한 빨리 쓰러뜨리고는 즉시 달려와서 만소개를 호위했다.

"뒤로 물러나세!"

장막심과 양류한이 만소개를 데리고 뒤로 물러나자, 사도무영은 주위를 빠르게 둘러보았다.

자신이 있는 곳 반경 십 장 안을 제외하면 아직도 치열한 접전 중이었다. 바라보는 동안에도 서너 명이 피를 쏟아내며 쓰러지고 있었다.

이대로 조금만 지나면, 정천맹의 무사 중 서 있는 자는 아무도 없을 것이었다.

그는 오연히 서서 자신을 향해 다가오는 자들을 쳐다보았다.

모두 열한 명이었다. 절정 이상의 고수들만.

그들은 반원을 그리며 사도무영을 포위했다.

사도무영은 그들의 움직임에 상관하지 않고 철사명을 직시했다.

"내가 백절곡에서 몇 사람을 죽였는지 아시오?"

뜬금없는 질문에 구천신교의 고수들이 멈칫했다. 철사명의 눈에도 의혹이 떠올랐다.

사도무영이 무심한 목소리로 자문자답했다.

"아마 열 명은 죽였을 거요. 백사청은 팔을 하나 잃었고 말이오."

구천신교 고수들 중 몇 사람을 빼고는 어리둥절한 표정을 지었다.

모두가 그 일을 아는 것은 아니었다. 그 날 이후 함구령이 내려졌으니까.

그리고 사영을 알아보는 자도 몇 되지 않았다.

구천신교의 고수 중 얼굴에 검버섯이 난 초로인이 소리쳤다.

"무슨 헛소리를 하는 거냐?"

사도무영의 무심한 눈이 그를 향했다.

"내가 누군지 모르나 보군."

"네놈이 누구든 상관없다! 뭐하는가? 놈을 죽여라!"

포위하고 있던 자들 중 두 사람이 사도무영을 향해 달려들었다. 한 사람은 수밀종파의 교도였고, 한 사람은 화화종파의 교도였다.

사도무영은 한 걸음 앞으로 나서며 도를 열십자로 휘둘렀다.

어찌 보면 단순한 십자도법처럼 보였다. 하지만 수라도의 도첨에서 뻗어나간 강기가 서로 교차한 순간, 산산이 부서진 강기는 유성우가 되어 두 사람을 휩쓸었다.

쏴아아아!

달려들던 두 사람은 기겁한 표정으로 검을 휘둘렀다.

따다당!

철벽을 후려친 소리가 나는가 싶더니, 두 사람의 검이 튕겨졌다. 그리고 그 사이로 시퍼런 유성우가 쏟아져 들어갔다.

"커헉!"

"흐억!"

수밀종파의 교도는 가슴이 쩍 벌어지고, 화화종파의 교도는 한쪽 팔이 반쯤 잘린 채 정신없이 물러섰다.

걸음걸음마다 그들의 상처에서 뿜어진 핏물로 바닥이 붉게 물들었다.

사도무영은 그들을 쫓지 않았다.

더 이상 위협이 되지 않는 자들. 상대할 이유가 없었다.

그는 검을 사선으로 늘어뜨린 채 포위한 자들을 천천히 둘러보았다.

눈이 마주치자, 검버섯이 난 초로인, 수밀교의 구호법 중 하나인 유동곽이 경악한 표정으로 물었다.

"네, 네놈은 누구냐?"

철사명이 사도무영을 직시한 채 침중한 목소리로 말했다.

"저 사람이 바로 지옥수라도 사영입니다, 유 호법님."

유동곽의 표정이 괴이하게 변했다.

"지옥수라도 사영? 설마…… 호교무장전의 그 사영?"
"그렇습니다."
흠칫한 유동곽은 뒤로 한 걸음 물러섰다.
그는 총회에 참가하지 못해 사영을 직접 보지는 못했다. 그러나 지위가 지위인 만큼, 당시 참가했던 수밀교의 동료 호법에게서 백절곡에서의 일에 대해 들었던 것이다.
듣고도 도저히 믿기지 않아서 속으로 코웃음 쳤지만.
'그럼 그 이야기가 사실이었단 말인가?'
미처 사도무영의 정체를 몰랐던 사람들도, 지옥수라도라는 이름이 나오자 대경해서 뒤로 물러났다.
순간, 사도무영의 도에서 시퍼런 도기가 흘러나왔다.
"지옥수라도……. 그대들을 지옥으로 안내하기에는 적당한 이름이군."
스스스스…….
땅위의 눈이 바람도 없는데 사방으로 밀려났다.
"놈을 쳐라!"
유동곽이 악을 쓰듯이 소리쳤다.
동시에 사방으로 밀려나던 눈이 사도무영을 중심으로 휘돌았다.
폭풍 같은 기세!
구천신교의 고수들 중 여섯이 각자 지닌 무기에 공력을 집중시키고 사도무영을 향해 몸을 날렸다.

육합의 방위가 완전히 차단된 상태.

사도무영은 구성의 공력을 끌어올리고는, 회천무벽의 회자결을 탄자결로 바꾸며 도를 휘둘렀다.

찰나에 아수라구도식 중 사초의 도법이 줄기줄기 쏟아졌다.

회천무벽과 어우러진 도세는 반경 삼 장 안을 폭풍지대로 만들어버렸다.

콰아아아아!

그 안에서 번개가 치고, 강기의 소나기가 내렸다.

거기에 더해 용천풍의 신법까지 더해지니, 사도무영의 모습은 번개를 토해내며 승천하는 창룡이나 다름없었다.

이를 악문 구천신교의 고수들은 전력을 다해 사도무영의 공격을 막았다.

콰르릉! 콰과광!

천둥이 울리고, 벼락이 떨어지며, 구천신교 고수들의 신형이 철벽에 튕겨진 쇠구슬처럼 뒤로 날아갔다.

그 중 두 사람은 제대로 내려서지도 못한 채 바닥을 뒹굴었다. 겨우 두 발로 내려선 자들도 뒤로 대여섯 걸음을 물러나서야 겨우 중심을 잡았다.

하얗게 탈색된 얼굴. 여기저기 찢어진 옷자락. 그 사이로 흘러내리는 핏물. 그들의 질린 눈빛이 잘게 떨렸다.

특히 유동곽은 머릿속이 텅 비어서 정신을 차릴 수가 없었다.

'뭐, 뭐 저런 놈이……!'

순간적으로 허공 삼 장까지 솟구쳤던 사도무영은 그 한가운데로 내려섰다.

 몸이 무거웠다.

 목구멍이 꽉 막힌 기분.

 전날의 내상이 도진 건가?

 하지만 아무런 표도 내지 않고 회천무벽을 운용했다.

 다른 곳은 바람이 멈추었는데도, 그가 서 있는 곳을 중심으로 회오리바람이 일었다.

 사도무영은 오연히 서서, 좌수 팔목에 진기를 주입하고 살짝 비틀었다.

 지옥마갑이 왼손 팔목을 조이는 느낌이 드는가 싶더니, 어느 순간 철컥, 하며 걸쇠 풀리는 소리가 나직이 들렸다.

 비록 백절곡에서 한 번 내보이긴 했지만, 워낙 황망 중이어서 그 실체를 제대로 본 사람이 거의 없었다.

 누구 하나 언급하지 않는 것만 봐도 지옥마갑이 아직은 세상에 드러나지 않았다는 말이었다.

 숨길 수 있으면 최대한 숨겨야 했다. 훗날 구명(求命)의 비기로 써먹기 위해선.

 하지만 조금 전, 여섯 명의 전력을 다한 합공을 받으며 내력이 흔들린 상태. 반면 적은 아직도 많았다.

 상황이 좋지 않으면, 지옥마갑이 드러나더라도 쓰지 않을 수 없었다.

사도무영은 결심을 굳히고 수라도를 들어올렸다.
그를 중심으로 휘돌던 회오리바람이 점점 강해졌다.
"뒤로 물러서!"
창백한 얼굴의 유동곽이 대경해서 소리쳤다.

한편, 남궁성은 최악의 상황에서 사도무영이 나타나자 기회를 놓치지 않았다.
후퇴하고 싶어도 적이 워낙 강해서 반은 포기한 상태였다. 해서 어차피 죽을 거라면, 이 자리에서 한 놈이라도 더 죽이고 죽을 작정이었다.
한데 상황이 달라졌다. 이제는 죽음을 생각할 때가 아니었다. 한 사람이라도 더 살려서 이곳을 벗어나야 했다.
"경계를 늦추지 말고 후퇴하라!"
정천맹 무사들도 적의 공세가 줄어들었음을 느낀 터였다.
그들은 남궁성의 명령이 떨어지자 상대를 노려보며 조금씩 뒤로 물러났다.
바닥에 쓰러져 있는 사람 중 이미 숨이 끊어진 사람은 어쩔 수 없었다. 하지만 안간힘으로 바닥을 기고 있는 사람들까지 외면할 수는 없는 일. 정천맹 무사들은 후퇴하는 와중에도, 다른 사람이 중상자를 챙길 때까지 적을 막았다.
다행히 구천신교의 무사들은 좀 전과 달리 적극적으로 달려들지 않았다.

그들은 정천맹의 무사들과 싸우면서도, 사도무영이 있는 곳에서 벌어지는 상황에 신경을 곤두세웠다.

사도무영은 정천맹의 무사들이 후퇴하기 시작하자, 생각을 바꾸었다.
혼자 남아서 수백 명과 싸울 수는 없는 일이 아닌가.
'제갈 대협을 구하고 현유를 불구로 만들었으니 그것으로 만족해야겠군.'
그는 정천맹 무사들과 보조를 맞춰 천천히 물러섰다. 두 눈은 여전히 앞에 있는 자들을 향한 채.
그가 걸음을 옮길 때마다 회오리처럼 휘돌던 기운이 파도처럼 출렁였다.
유동곽을 비롯한 구천신교의 고수들은, 사도무영이 물러나는 것을 보면서도 달려들지 못했다.
그렇게 이십여 장을 물러났을 때였다.
사도무영이 수라도를 좌우로 그었다.
쉬이익!
시퍼런 도기가 땅을 길게 갈랐다.
바닥이 쩍 갈라지며 깊은 고랑이 파였다.
구천신교의 고수들은 자신도 모르게 움찔하며 걸음을 멈췄다.
"오늘은 여기까지. 쫓아오고 싶으면 쫓아오도록. 단 지옥으로 갈 생각을 하고 와야 할 거요. 내 칼에는 자비가 없으니까."

사도무영은 무심한 표정으로 말을 남기고는, 뒤로 죽 날아갔다.

생사의 경계선.

사도무영이 그어놓은 선을 넘어가면 그곳이 지옥이라도 되는가.

구천신교의 고수들은 멀어지는 사도무영과, 바로 앞에 있는 선을 번갈아보며 표정이 일그러졌다.

유동곽이 이를 갈며 그들의 마음을 표현했다.

"지옥수라도 사영⋯⋯. 듣던 것보다 더하구나."

철사명은 허탈한 표정으로 무기를 내렸다.

'백시청과 현유가 그에게 당한 건 우연이 아니었어.'

4.

사도무영은 정천맹 무사들을 앞세우고 맨 뒤에서 따라갔다.

길을 따라 이십 리 정도 가자, 제갈신운을 업고 떠난 만소개와 장막심 등이 보였다.

그들은 가지가 늘어진 소나무 아래에 태평하니 앉아 있었다.

사도무영이 당연히 무사할 줄 알았다는 듯.

그들에게 다가가던 사도무영의 눈빛에 이채가 떠올랐다.

남궁성과 정천맹의 사람들이 먼저 만소개가 있는 곳으로 다가가고 있었다.

곧 남궁성이 만소개의 등에서 제갈신운을 건네받고는 자신이 업었다.

사도무영은 그 모습을 보고 눈살을 찌푸렸다.

제갈신운의 몸은 극도로 안 좋은 상태였다. 자꾸 움직여서 좋을 게 없었다.

하지만 이미 남궁성이 건네 업은 이상 더 뭐라 하기도 그랬다.

정천맹 사람들은 제갈신운을 넘겨받은 후 우르르 남장 쪽으로 몰려갔다.

사도무영은 그 후에야 장막심 등이 있는 곳에 도착했다.

"저들이 먼저 제갈 대협을 넘겨달라고 하던가요?"

장막심이 그를 보며 투덜댔다.

"나더러 사문이 어떻게 되냐고 물어서, 옛날에 전검방에서 검을 배웠다고 했지. 그랬더니 우리를 못 믿겠다는 표정이더군. 빌어먹을, 물에 빠진 사람 구해주면 보따리 내놓으란다고 하더니……. 한바탕 하려다가 아우 얼굴 봐서 꾹 참았지."

전검방은 딱히 정파라기보다 패도를 추구하는 검문이었다.

그러다 보니 정천맹에 속한 문파들은 전검방이 세를 키워가는 걸 꺼려하고 거리를 두었다.

그 바람에 지금은 서로가 소 닭 보듯 지내는 사이였다.
"저들도 지금 상황에서는 정신이 없을 겁니다. 화 그만 푸시고, 일단 저들을 쫓아가지요."
"도원장으로 갈 거요?"
도원장의 무사를 쥐어 팬 양류한이 멋쩍은 표정으로 물었다.
사도무영은 입가에 웃음을 매달고 담담히 말했다.
"잠깐 제갈 대협만 만나보고, 바로 운양장으로 갈 거요. 정 그 일이 마음에 걸리면 제가 다녀올 동안 객잔에 계시오."
장막심이 머뭇거리며 말했다.
"저기, 아우, 별일 없으면 나도 객잔에 있었으면 하는데. 하하, 뭐 꼭 술을 마시고 싶어서 그런 건 아니고……."
말은 그렇게 하면서도 침을 삼키는 장막심이다.
하긴 술 생각이 날만도 했다.
장막심이 아니더라도, 선평에 있던 사람이라면 누구라도 술 한 잔 생각이 날 것이었다.
자신 역시 그러했으니까.
"좋을 대로 하십시오. 소개 형도 같이 가시구려."
만소개의 얼굴이 활짝 펴졌다.

1.

석양이 서산으로 넘어가기 직전, 사도무영은 일행과 함께 남장에 들어섰다.

그는 세 사람을 근처의 객잔에서 기다리게 하고 도원장으로 향했다.

정천맹의 무사들이 막 몰려든 직후였다.

상황이 상황인 만큼 정문을 지키는 경비무사들도 정신이 없었다.

덕분에 사도무영은 별 제지도 받지 않고 안으로 들어갔다.

문제는 제갈신운이 있을 만한 곳을 찾는 것이었다.

그가 정원 앞에서 두리번거리는데 마침 누가 불렀다.

"이보시오, 어딜 가려는 거요?"

사도무영은 고개를 돌려 자신을 부른 자를 바라보았다.

나이는 스물서너 살 정도. 큰 덩치에 얼굴은 순해 보이는 청년이었다. 옷차림으로 봐서 정천맹 사람이 아닌 도원장 사람 같았다.

그는 솔직히 말했다.

"제갈신운 대협을 만나려고 왔소. 그분이 어디 계신지 알려주실 수 있겠소?"

"제갈 대협을?"

처음에는 놀란 표정이었다. 그러다 점차 의심이 깃든 표정으로 변했다.

만나려고 왔다면, 그럼 외부인이라는 말이 아닌가 말이다.

사도무영이 미리 말했다.

"잘 아는 사이니 걱정하지 않아도 되오."

"무슨 일로 만나시려는 거요?"

"깨어나셨으면 몇 가지 물어볼 게 있어서 왔소."

제갈신운이 중상을 입은 것까지 알고 있다.

청년은 의심을 반쯤 풀고 물었다.

"이름이 어떻게 되시오?"

"사영이라 하오. 아마 말씀드리면 아실 거요. 정 뭐하면 오호단 부단주이신 남궁성 대협께 물어보시오."

청년은 자신보다 한두 살 어려 보이는 사도무영이 제갈신운에 이어 남궁성의 이름을 꺼내자 흥미가 일었다.

누군데 얼굴 한 번 마주치기 힘든 사람들과 잘 아는 것일까?

약간 마른 듯 보이는 얼굴에 박힌 맑고 깊은 눈빛. 쳐다보고 있으니 깊이를 알 수 없는 호수에 빠진 기분이 든다.

청년은 숨을 깊이 들이 쉬었다. 가만있으면 숨이 막힐 것 같았다.

'사영이라고 했지?'

그는 일단 남궁성에게 물어보기로 했다.

"나는 추연당이라 하오. 물어보고 올 테니, 저쪽 객당에서 잠깐만 기다려주시오."

사도무영은 추연당이 가리킨 객당으로 가서 추연당이 올 때까지 기다렸다.

객당에는 제법 많은 사람들이 있었다. 대부분이 정천맹을 돕겠다고 달려온 호북의 무인들이었다.

대부분이 무명무사들이었지만, 이름을 얻은 자도 간혹 끼어 있었다.

그들은 선평에서 일어난 일을 떠벌리느라 사도무영에게 신경도 쓰지 않았다.

사도무영은 한쪽에 앉아서 그들의 이야기를 들어보았다.

그들은 정천맹을 따라 선평으로 가지 않고 도원장에 남아 있었던 것 같았다.
 가끔 말도 되지 않는 이야기를 하는데, 듣는 사도무영으로선 웃음이 나올 이야기도 제법 되었다.
 "아 글쎄, 제갈 대협이 검을 한 번 휘두르니까, 수십 명이 쓰러졌다는 거야."
 "계곡을 꽉 막고 지키니까 구천신교 놈들이 불나방처럼 달려들면서 죽어갔다는군."
 "제갈 대협이 적 수장을 중상 입혔는데, 그놈이 갑자기 비열한 수를 써서 제갈 대협에게 부상을 입혔다고 하네. 그 바람에 적을 완전히 섬멸시키지 못하고 후퇴했다는 거야."
 "누가 갑자기 나타나서 적을 물리치고 제갈 대협을 구했다고도 하던데, 그가 누군지 아나?"
 "에이, 그럼 말이 나왔겠지. 아마 정천맹의 간부들이 구했을 거네."
 "하긴……."
 "그런데 말이야, 구천신교와 싸우기 위해서 정천맹과 용검회가 손을 잡은 건가?"
 "그러니까 용검회가 이곳에 온 것 아니겠나?"
 "좌우간 정천맹과 용검회가 손을 잡았다면, 구천신교도 더 이상 날뛰지 못하겠군."
 담담히 이야기를 듣던 사도무영의 표정이 석상처럼 굳었다.
 '용검회 사람들이 이곳에 와있다고?'

그때였다. 저만치 추연당의 모습이 보였다.
사도무영은 자리를 털고 일어났다.

추연당은 사도무영을 남궁성에게 데려갔다.
제갈신운은 몸이 워낙 안 좋아서 아무도 만날 수 없는 상태였다.
남궁성이 있는 곳은 객당에서 제법 멀었다.
그곳까지 가는 동안 상당수의 사람들이 두 사람을 스쳐갔다.
대부분이 도원장의 무사들이었지만, 간혹 정천맹의 사람도 보였다. 사도무영은 그들이 호칭하는 걸 듣고서야 추연당이 도원장의 소장주라는 것을 알았다.
자신을 뽐내지 않는다는 것은 쉽지 않은 일이다. 많이 가진 자일수록 더 그러한 법이다.
사도무영의 눈에 추연당이 새롭게 보였다.
사도무영이 추연당과 함께 방 안으로 들어가자 남궁성이 자리에서 일어났다.
"어서 오게."
추연당이 머뭇거리더니 남궁성에게 물었다.
"남궁 대협, 제가 있어도 괜찮겠습니까?"
"괜찮네, 소장주. 자, 그리 앉으시게."
사도무영은 가볍게 포권을 취하고 의자에 앉았다.
남궁성이 맞은편에 앉더니 사도무영을 뚫어지게 쳐다보았다.

"무슨 일로 온 건가?"

"제갈 대협을 뵙고 싶어서 왔습니다."

"단주께선 아직 손님을 받을 수 없는 상태시네. 미안하지만 그 일이라면 내가 도와줄 일이 없을 것 같군."

남궁성은 은연중 사도무영과 거리를 두었다.

그도 사도무영이 제갈신운을 구했다는 걸 모르지 않았다. 어쩌면 그래서 더 거리를 두는 것일지도 몰랐다.

자신은 목숨조차 지키기 어려운 상황이었는데, 사도무영은 제갈신운을 구한 것은 물론이고 적의 기세마저 꺾었다.

자신은 엄두도 내지 못한 것을 사도무영은 해냈다는 것.

그걸 생각할 때마다 묘한 감정이 끓어올랐다.

자신은 호승심이라 생각하지만, 질시라 해도 그리 틀린 말은 아니었다.

한데 사도무영이 그에게 말했다.

"그분이 선천진기를 끌어 올리다 중단했다는 건 알고 계시겠죠?"

남궁성의 표정이 급변했다.

"선천진기라고?"

"몰랐습니까?"

"계속 정신을 잃고 계셔서 미처 물어볼 새가 없었네."

"그럼 지금 치료는 어떻게 하고 있습니까?"

"우경도장님과 의원이……."

격전 중에 입은 내상이라면 몰라도, 선천진기로 인한 내상은 의원이 손볼 수 있는 게 아니었다.

빠른 시간 안에 손을 쓰지 않으면 영영 무공을 잃을지도 몰랐다.

남궁성은 다급히 자리에서 일어났다.

"이러고 있을 때가 아니군. 우경도장님이 알고 계신지 가서 물어봐야겠네. 진맥을 했다면 미리 알고 손을 쓰셨겠지. 가 보세."

세 사람은 곧바로 제갈신운의 방으로 달려갔다.

"왜 그리 급하게 달려오신 겁니까, 부단주?"

방문 앞에서 경비를 서고 있던 오호단 무사 두 사람이 의아한 표정으로 물었다.

"단주님의 상황은 어떤가?"

"아직 진전이 없는 것 같습니다."

"아무래도 내가 안으로 들어가 봐야 할 것 같네."

"저 사람들은?"

추연당은 뒤로 물러났다. 자신이 낄 자리가 아니었다. 끼어주지도 않을 것이고.

"저는 상관 마시고 들어가 보십시오."

남궁성은 사도무영을 바라보았다.

순간적으로 갈등이 일었다.

사도무영이 없어도 우경도장과 자신이면 해결할 수 있지 않을까?

하지만 곧 쓴웃음을 지으며 고개를 돌렸다.

"따라오게."

호승심이든 질시든, 지금은 그걸 따질 때가 아니었다.

안으로 들어가자 우경도장과 의원이 보였다.

의원은 한쪽에 서 있고, 우경도장은 제갈신운의 명문혈에 손을 얹고 있었다.

돌아앉아서 얼굴은 보이지 않았지만, 일점의 흔들림도 없는 걸 보니 우려할 상황은 아닌 듯했다.

"어떻습니까?"

남궁성이 의원에게 물었다. 의원은 당혹한 표정으로 상황을 알려주었다.

"기혈의 운행이 이상해서 자세히 살펴봤는데, 일반 내상이 아니었소이다. 뒤늦게 저분 도장님께서 선천진기에 이상이 있는 것 같다시며 저렇게……."

"후우, 다행히 우경도장님께서 제때에 알아채셨군."

남궁성은 안도의 한숨을 내쉬었다.

하지만 사도무영의 생각은 달랐다.

선천진기는 아무나 다스릴 수 있는 것이 아니다. 상대보다 공력이 강하지 못하면, 오히려 화만 입을 뿐. 만약 우경도장의 공력이 제갈신운보다 약하다면, 자칫 큰 화를 입을 수도 있었다.

 문제는, 그가 본 우경도장은 공력이 결코 제갈신운보다 높지 않다는 것이었다.

 사도무영은 회천선기를 일으켜 남궁성 몰래 제갈신운과 우경도장의 상태를 살펴보았다.

 아니나 다를까, 우경도장의 기운이 내부에서 흔들리고 있었다.

 전력을 다해 억지로 붙잡고 있지만, 언제 터져나갈지 모르는 상태였다.

 반면 제갈신운의 선천진기는 제 갈 길을 제대로 가지 못해 엉켜 있는 상태였고.

 "안되겠습니다. 저대로 놔두면 두 분 다 큰 화를 입을 겁니다."

 남궁성은 이마를 찌푸리며 사도무영을 돌아다보았다.

 "내가 봐선 괜찮은 것 같네만."

 사도무영은 그와 말싸움하고 싶지 않았다.

 그는 곧장 걸음을 옮겨 침상 쪽으로 다가갔다.

 "이보게!"

 남궁성이 눈을 부릅뜨고 사도무영을 막았다.

 사도무영은 회천무벽의 흡자결로 남궁성의 몸을 끌어당기고는, 회자결로 밀어냈다.

 마치 스스로 비켜선 것처럼 남궁성의 몸이 한쪽으로 밀쳐졌다.

 남궁성은 자신이 어떻게 밀려났는지 몰라 어이없는 표정을 지었다.

사도무영은 고개를 돌려 그에게 말했다.

"시기를 놓치면 당신은 평생을 후회하며 지내게 될 것이오. 그래도 막고 싶다면 막아보시오."

"이……!"

남궁성은 이를 악물고 주먹을 움켜쥐었다.

바로 그때였다.

"크으으……."

우경도장의 입에서 나직한 신음이 흘러나왔다.

남궁성은 홱 고개를 돌려 침상을 바라보았다.

만년 바위처럼 튼튼해 보이던 우경도장의 어깨에서 잔물결이 일고, 머리카락이 사방으로 뻗치고 있었다.

그뿐이 아니었다. 제갈신운의 몸도 덜덜 떨렸다.

"혀, 형님!"

사도무영은 남궁성의 목소리를 뒤로 하고 침상의 두 사람에게 바짝 다가갔다.

동시에 우경도장의 등을 향해 우수를 뻗었다.

기혈이 뒤엉켜 날뛰는 상황. 그냥 말로 해서는 우경도장이 제대로 듣지 못할 것 같다.

사도무영은 전음으로 우경도장의 정신을 일깨웠다.

『제 기운을 받아들여서 날뛰는 기운을 다스리십시오!』

고막이 웅웅 울렸다.

하얗게 비어가던 머릿속에 울려 퍼지는 소리.

정신이 번쩍 든 우경도장은 물밀듯이 밀려드는 기운을 자신의 기운과 합류시켰다.

『열을 셀 시간 동안 진기를 주입할 겁니다. 만일 기운이 안정되면 고개를 끄덕이고, 제갈 대협의 명문혈에서 손을 떼십시오. 제갈 대협은 제가 알아서 하겠습니다. 하나, 둘…….』

일각이 여삼추라, 열을 셀 시간이 열 달처럼 느껴졌다.

그리고 마침내, 우경도장이 고개를 미약하게 끄덕이더니 제갈신운의 명문혈에서 손을 떼었다.

사도무영은 우경도장의 몸을 진기로 감싸 한쪽으로 밀어내고, 제갈신운의 명문혈에 우수를 붙였다.

"쿨럭!"

우경도장이 허리를 숙이며 피를 한 움큼 토해냈다.

"도장님!"

남궁성이 소리치며 달려왔다.

그는 사도무영을 노려보며 이를 갈았다.

전음을 듣지 못한 그에겐 사도무영의 행동이 막무가내처럼 보였다.

"저놈이 어디서!"

우경도장이 급히 손을 들어 그를 막았다.

"아, 안 돼……."

"도장님, 괜찮으십니까?"

"그를…… 놔두게."

"하지만 형님이……."

"그가 아니었으면, 나와 제갈 단주는…… 죽거나…… 무공을 잃었을 것……."

"예?"

반문하는 남궁성의 두 눈이 한껏 커졌다.

사도무영은 남궁성의 행동에 일절 신경 쓰지 않고, 제갈신운의 선천진기를 가라앉히는 일에 전력을 쏟았다.

오해든 뭐든, 화가 나도 어차피 손을 쓸 수 없을 테니까.

팔성 문턱에 이른 회천선기는 제갈신운의 선천진기를 압도했다.

고삐 풀린 망아지처럼 날뛰던 선천진기는 부드러운 회천선기에 휩싸여 조금씩 안정을 찾아갔다. 그리고 일각이 지나자 회천선기의 흐름에 순응하기 시작했다.

그때부터 사도무영은 제갈신운의 선천진기를 다독여 본래 있던 곳으로 돌려보냈다.

사도무영은 이각 만에 제갈신운의 명문혈에서 손을 뗐다. 그러고는 제갈신운의 등을 가볍게 밀쳤다.

"우욱!"

시커먼 피가 제갈신운의 입에서 쏟아졌다.

사도무영은 쏟아지던 피가 멈춘 다음에야 침상에서 내려왔다. 낯빛이 조금 하얗게 탈색되었지만, 크게 지치진 않은 듯 눈빛에 일점 흔들림도 없었다.

그가 어깨를 늘어뜨린 채 멍한 표정으로 서 있는 남궁성에게 말했다.

"일단 위기는 넘겼습니다. 나머지는 제갈 대협께서 알아서 하실 겁니다."

"나, 나는……."

"아마 저라 해도, 별로 마음에 들지 않는 사람이 다짜고짜 나서대면 화가 났을 것입니다."

"그게……."

멋쩍은 듯 얼굴이 붉어진 남궁성은 말을 더듬었다.

별로 마음에 들지 않는 사람.

그랬다. 본심 저 깊은 곳에 그런 마음이 있었다. 그런데 사도무영에게서 그 말을 직접 듣고 나니 얼굴이 화끈거렸다.

'제길…….'

사도무영은 그에게서 고개를 돌려 우경도장을 바라보았다.

"괜찮으십니까?"

"원시천존. 덕분에 큰 화를 면했네."

"제갈 대협께 몇 가지 물어볼까 했는데, 나중에 다시 와야 할 것 같군요. 그럼 이만 가 보겠습니다."

"잠깐만."

우경도장이 몸을 돌리려는 사도무영을 붙잡았다.

"무슨 하실 말씀이라도……?"

"사문이 어딘지 알려줄 수 있는가?"

"죄송합니다, 사부님의 엄명이 있어서 당장 말씀드릴 수가 없습니다."

"그럼 혹시, 사문이 도문(道門)이 아닌가?"

아마 회천선기 때문에 그리 느낀 듯했다.

그러나 회천도문이 비록 도문의 이름을 내걸긴 했어도, 그 저변에는 수많은 유파의 공부가 뒤섞여 있으니 정확히 도문이라 하기에는 어폐가 있었다.

사도무영은 그에 대해 대충 둘러 말했다.

"사문이 과거에 도문의 공부를 받아들였다는 말은 들었습니다."

"흠, 역시 그랬군."

우경도장은 자신의 짐작이 옳았다는 걸 알고 내심 흡족했다.

솔직히 자신의 힘으로 제갈신운의 기운을 다스리지 못했다는 것에 자존심이 조금은 상해 있었다. 사도무영은 자신은 물론이고 제갈신운의 기운까지 다스렸거늘.

그런데 사도무영이 도문의 무공을 지녔다니 그나마 위안이 되었다.

사도무영은 우경도장이 더 이상 아무 말도 없자 포권을 취하고 작별을 알렸다.
"그럼 다음에 뵙겠습니다."

제갈신운의 방을 나선 사도무영은 곧장 후원을 빠져나왔다.
한데 그가 막 후원을 벗어날 때였다.
"잠깐 거기 서라!"
십여 명이 우르르 달려오더니 사도무영을 포위했다.
그들을 본 사도무영의 두 눈이 무심하게 가라앉았다.
포위한 자들은 벽검산장의 무사들이었다.
'누가 나를 알아보았나 보군.'
용검회의 무사들이 와있다는 걸 알았을 때부터 마주칠지 모른다는 예상을 했다.
마주치지 않았으면 했거늘.
사도무영은 전면에 있는 자를 향해 담담히 물었다.
"무슨 일이오?"
"무슨 일이냐고?"
한쪽에서 마흔 가량의 중년 무사가 나오더니 사도무영을 노려보았다.
"설마 본 산장에 들어와서 한바탕 헤집어 놓은 걸 잊지는 않았겠지?"
그뿐이랴? 하루 전만 해도 십여 명이 사도무영의 일행에게 죽었다.

"그래서 어쩌자는 거요?"

"흥! 구천신교의 앞잡이가 이곳에 온 것부터 수상한 일이 아니냐?"

"구천신교의 앞잡이라. 그 말에 책임질 수 있소?"

중년 무사는 조소를 베어 문 채 자신 있게 말했다.

"못 질 것도 없지."

그 사이 벽검산장의 무사들이 배로 늘어났다. 그리고 정천맹의 무사들도 무슨 일인가 싶어 몰려들었다.

그때 제갈신운의 방문이 열리며 남궁성과 우경도장이 모습을 보였다.

"도대체 무슨 일인데 이리 소란인가?"

"동방 대주, 왜 그러는 것이오?"

중년 무사, 동방적은 사도무영을 직시한 채 입을 열었다.

"네놈의 동료 중에 구천신교의 교도들이 있었다. 설마 부인하지는 않겠지?"

도담과 적도광을 알아본 건가?

'어제 싸우면서 두 사람의 무공을 알아본 모양이군.'

수라곡을 친 자들이라면 충분히 가능한 일이었다.

사도무영은 상황이 불리하게 흘러갔지만, 담담한 태도로 말했다.

"그들은 구천신교를 떠난 사람이오. 그건 내가 보증할 수 있소."

"훗! 네놈이 보증한다고? 그걸 지금 우리더러 믿으란 말이냐?"

"사실을 말하는 것뿐이오. 믿든 말든 그건 알아서 하시오."

동방적은 우경도장과 남궁성을 바라보았다.

"들으셨습니까? 이놈은 구천신교와 연을 맺고 있는 놈입니다. 붙잡아서 놈들에 대한 정보를 알아내야겠습니다."

우경도장과 남궁성은 일시지간 아무 말도 하지 못했다.

그들은 제갈신운에게서 사도무영과 구천신교 사이의 관계에 대해 들은 것이 없었다. 사도무영이 비밀로 해 달라고 했으니까.

우경도장이 먼저 정신을 차리고 사도무영에게 물었다.

"이보게, 동방 대주의 말이 사실인가?"

"좀 전에도 말씀 드렸습니다만, 그 사람들은 구천신교를 떠난 사람들입니다."

남궁성이 물었다.

"어쨌든 구천신교의 교도였던 건 사실이란 말이 아닌가?"

"부인하지는 않겠습니다."

"그럼 그들을 우리에게 넘겨줄 수 있겠는가? 놈들에 대한 정보를 얻고 나서 돌려보내겠네."

말도 안 되는 소리!

"그럴 수는 없습니다. 그들이 알고 있는 것은 저도 알고 있습니다. 제갈 대협께서 깨어나시면 제가 왜 이런 말을 하는지 알게 될 겁니다."

동방적이 웃음을 터트렸다.

"하하하, 그럼 그놈들을 잡을 것도 없이, 네놈을 잡아서 물어 보면 되겠군."

사도무영은 동방적을 무심한 눈으로 바라보았다.

"가능할까?"

"네놈이 강하다는 건 알고 있다. 하지만 오늘은 이곳을 벗어나지 못할 것이다."

사도무영의 입술이 비틀렸다.

"남들은 용검회가 대단한 것처럼 말하는데, 내 눈에는 개떼로밖에 안 보여. 얼마나 자신이 없으면 항상 떼로 몰려다닐까? 하긴 실력이 없으면 그렇게라도 해야겠지."

"네놈이 감히!"

"내가 틀린 말 했나? 어제도 수십 명이 나를 죽이겠다고 몰려왔더군. 결국 십여 명의 수하만 시신으로 남겨놓고 도망쳤지만."

둘러선 정천맹 사람들이 웅성거렸다.

동방적은 분위기가 자신의 뜻대로 흐르지 않자, 더 이상 참지 못했다.

"더 들을 것 없다! 놈을 잡아서 족치면 구천신교에 대한 것을 알 수 있을 터! 놈을 잡아라!"

벽검산장의 무사들이 사도무영을 향해 신형을 날렸다.

사도무영은 그들과 싸울 생각이 없었다.

용검회의 무사들은 정천맹이 불러서 온 사람들. 이곳에서 용검회의 무사들을 쓰러뜨리면 정천맹이 끼어들지도 몰랐다.

그리고 무엇보다, 제갈신운의 선천진기를 제자리로 되돌리기 위해서 너무나 많은 공력을 소모한 상황이었다. 비록 우경도장과 남궁성 앞에선 표를 내지 않았지만.

그는 회천무벽으로 몸을 보호하고, 용천풍을 펼쳐 허공으로 솟구쳤다.

"놈이 도주하려 한다! 잡아라!"

동방적이 소리쳤다.

하지만 용천풍은 그들이 잡기에 너무나 빠른 신법이었다.

사도무영은 그들을 상대하지 않고 단숨에 건물 하나를 날아넘었다.

'빌어먹을! 왜 입을 다물고 있는 거야?'

조금 전, 상황을 조용히 해결할 수 있는 방법이 딱 하나 있었다.

우경도장과 남궁성이 적극적으로 나서줬다면 용검회도 어쩔 수 없었을 것이다.

그런데 두 사람은 찜찜한 표정으로 바라보기만 했을 뿐 나설 생각이 없는 것 같았다.

'구천신교의 교도였던 사람들이 나와 함께 있다니까, 나를 못 믿는 거겠지!'

그들의 입장을 모르는 바는 아니었다. 하지만 제갈신운을 구해 준 것만으로도 나서 줄 수 있는 일이 아닌가 말이다. 우경도장은 자신이 직접 도움을 받은 상태고.

은근히 화가 났다.

'언제고, 오늘의 일을 후회할 날이 있을 것이다.'

"구천신교의 간세가 도망간다! 잡아라!"

동방적은 사도무영의 등을 향해 소리치며 분노한 표정을 지었다.

하지만 속으로는 쾌재를 불렀다.

어차피 사도무영을 잡을 수 있을 거라고는 생각지 않았다.

그의 목표는, 사도무영과 정천맹 사이를 갈라놓는 것이었다. 적이 되면 더 좋고. 그래야 정천맹을 마음대로 이용할 수 있을 테니까.

한데 정천맹으로부터 아무런 비호도 받지 못하고 도망치듯이 떠났다.

완벽하진 않아도 일차 목표는 달성된 셈이었다.

'후후후, 지금쯤 용영대(龍影隊)가 움직였겠군. 놈의 거처만 알아낸다면……'

한편, 남궁성은 왠지 모르게 찜찜한 기분이 들었다.

사도무영을 도와줄 수도 있었다. 그런데 구천신교와 관련되어 있다는 말을 듣고 입을 다물었다.

과연 사영이란 자를 저렇게 보낸 것이 잘한 일일까?

'오늘 의형을 구해준 것만으로도 도와줬어야 하는데……'

그런 한편, 우경도장은 눈을 꽉 감았다.

찰나의 망설임이었을 뿐이다. 그러나 뒤늦게 정신을 차렸을 때는 이미 늦은 상태였다.

'어리석은……. 여태 살아온 세월이 아깝구나, 우경아……'

2.

도원장을 벗어난 사도무영은 곧장 장막심 등이 있는 객잔으로 갔다.

"잘 다녀왔나?"

장막심이 속도 모르고 건성으로 물었다.

"그만 떠나지요."

"왜 그러나? 무슨 일 있었어?"

"용검회 놈들이 도원장에 있더군요. 아무래도 정천맹이 선평으로 가면서 놈들을 불러들인 것 같습니다. 저를 쫓아올지도 모르니 지금 떠나야겠습니다."

"쫓아오면 혼쭐을 내주면 되지 않나?"

양류한이 힐끔 장막심을 보며 말했다.

"정천맹이 불러들인 자들 아닙니까? 그들을 두들겨 패면 정천맹과의 관계가 이상하게 될 겁니다."

"이런 젠장! 일 더럽게 꼬였군."

장막심은 술잔을 입안에 털어 넣고 자리에서 일어났다.

만소개는 재빨리 반쯤 남은 술병을 챙겼다.

벽검산장 용영대 대주 동방욱은 어둠 속 그늘 밑에서 사도무영 일행이 객잔을 나서는 걸 지켜보았다.

그는 사도무영 일행이 북쪽 길로 들어서는 것을 보며 그늘 밑에서 나왔다. 그리고 삼십여 장의 간격을 두고 그들의 뒤를 쫓았다.

두어 명이 그의 곁을 스치고 지나갔다.

너무나 평범해서 길거리 아무 곳에서나 볼 수 있는 자들이었다. 하지만 그들의 정체까지 평범한 것은 아니었다.

동방욱이 그들의 뒤에 대고 전음을 보냈다.

『가까이 붙지 말고 철저히 거리를 두고 쫓아라. 놓치는 한이 있어도 들키면 안 된다.』

앞서가던 자들은 좌우로 갈라지며 태연히 걸음을 옮겼다.

놓치면 처음부터 다시 시작하면 된다. 그러나 들키면 자칫 끝장날 수가 있었다.

'사영, 어디 네 둥지로 안내해 봐라.'

3.

 현유는 곧장 마교진의 임시 총단으로 옮겨졌다.
 북궁조는 현유의 부상 소식을 듣고 자리에서 일어났다.
 백사청에 이어 현유마저 중상을 입은 상태. 하지만 그리 화는 나지 않았다.
 실력이 없어서 당한 것은 당한 놈이 잘못이었다.
 더구나 언제든 자신의 자리를 위협할 수 있는 사제들이 아닌가.
 '어리석은 놈들. 적을 알아보는 것도 능력이거늘, 알량한 실력만 믿고 무조건 달려들다니.'
 사영이 호교무장전에서 우승한 것만으로도 조심했어야 했다. 상대의 실력을 좀 더 위로 평가하고, 아니다 싶으면 후퇴할 줄도 알아야 했다. 백사청과 현유는 그런 기본을 무시하고 사영에게 달려들었기에 당한 것이었다.
 그들은 결코 천하무적의 절대고수가 아니거늘.

 북궁조는 일단 현유를 진단한 의원을 먼저 만나보았다.
 그리고 현유의 방으로 들어가, 침상에 누워 있는 현유를 내려다보며 눈살을 찌푸렸다.
 석고처럼 하얀 얼굴, 한쪽 팔은 뼈가 부러져 부목을 대고 있었다.

예상보다 심한 부상이었다.

하긴 의원이 말하길, 죽지 않은 게 다행이라 했으니…….

"고정이 당했다는 걸 들었으면 조심했어야지. 시작도 하기 전에 이게 무슨 꼴이냐?"

"놈이 지친 줄 알고 방심하다가 그만……."

"그래서 더 잘못했다는 거다. 목숨이 오가는 판에 방심이라니. 너 하나로 인해 얼마나 많은 피해를 입었는지 아느냐?"

"죄송합니다, 대사형."

현유로선 변명할 여지가 없었다. 순간적인 판단 착오 한 번에 나락으로 떨어지지 않았는가.

북궁조는 신랄하게 현유를 나무란 후 당근을 던져주었다.

"후우, 이미 벌어진 일. 어쩔 수 없지. 아버님께 부탁해서 현친단을 한 알 얻어주마. 꼬이고 터진 기혈을 다스리는데 많은 도움이 될 것이다."

이를 악물고 있던 현유의 얼굴이 활짝 펴졌다. 현천단이라면 현천교 비전의 성약이 아닌가 말이다.

"감사합니다, 대사형."

"문제는 부러진 팔뼈인데……. 의원 말로는 워낙 잘게 부서져서 사용하기가 힘들 거라고 한다."

현유도 익히 짐작했던 일이었다. 그런데 그 말을 북궁조의 입에서 들으니 분노가 끓어올라 견딜 수가 없었다.

"정 거추장스러우면 떼어내 버릴 겁니다."

"그 정도 각오라면 방법이 정 없는 것도 아니지."

"팔을 정상으로 되살릴 수 있는 방법이 있단 말씀입니까?"

"팔을 되살릴 수 있다는 말이 아니다. 다른 것으로 네 팔을 대체하면 어떨까 하는 것이지."

"다른 것으로 팔을 대체한다? 그렇게 하면 없는 것보다 낫겠습니까?"

"비록 본래의 팔처럼 자유롭게 움직이지는 못해도, 상당한 도움이 될 수 있을 것이다. 잘만 하면 비장의 무기가 될 수도 있고."

문득 뭔가가 떠오른 현유는 북궁조를 직시했다.

"혹시…… 현천마수를 생각하시고……?"

북궁조는 무심한 표정으로 고개를 끄덕였다.

"결정은 네가 내려라. 엄청난 고통을 참고서라도 현천마수를 네 팔에 이식할 것인지, 아니면 그냥 한쪽 팔을 못 쓰는 상태로 살 것인지."

현천마수는 본래 팔이 잘린 사람을 위해 만들어진 단순한 의수였다.

한데 팔십여 년 전, 현천교의 한 장인이 그것을 개조하기 시작했다. 비무 중 팔이 잘린 자신의 아들을 위해서.

그리고 삼 년이 흐른 어느 날, 그의 아들이 잘린 팔에 현천마수를 붙이고 나타났다.

처음에는 누구도 현천마수의 무서움을 알지 못했다.

그런데 그의 팔을 잘랐던 자가 그를 보더니 코웃음 치며 놀렸다. 팔병신이 가짜 팔을 달고 정상인 것처럼 행세한다면서.

 그는 정식 비무를 신청했다. 상대는 조소를 지으면서 허락했다.

 그리고 비무가 시작된 지 삼 초, 현천마수는 절정고수인 상대의 심장을 뚫어버렸다.

 일개 평범한 교도가, 그것도 한쪽 팔이 없던 자가 절정고수를 죽인 사건은 현천교를 뒤집어 놓았다.

 그 직후 현천마수에 대한 조사가 이루어지고, 현천마수에 숨어 있는 비기가 모습을 드러냈다.

 순간 사람들은 경악을 금치 못했다.

 현천마수에 숨어 있는 비기는 복잡하지 않았다. 새로운 것도 아니었다.

 그럼에도 그 위력을 본 사람들은 누구도 현천마수의 공격을 막아낼 수 있다고 장담하지 못했다.

 '현천마수를 이식하려면 엄청난 고통을 겪어야 한다고 했던가? 까짓 거……, 참지 못할 것도 없지.'

 현유는 이를 악물고 북궁조의 제안을 수용하기로 했다.

 현천마수가 사영 같은 고수에게도 통할지, 그것은 알 수 없었다. 그러나 최소한 없는 것보다는 훨씬 나을 것이었다.

 "좋습니다. 제 팔에 현천마수를 이식하겠습니다, 대사형."
 "좋아, 네가 그리 결심했다면, 즉시 너를 신지로 후송시키도록 하겠다."

 북궁조는 현유의 방을 나오자마자 북궁마야를 만났다.
 "현천마수를?"
 "예, 아버님."
 "흠, 그것도 괜찮겠군. 현유에게 현천마수를 줘서 악이의 호법으로 삼으면 되겠어."
 북궁조의 눈썹 끝이 살짝 치켜 올라갔다. 하지만 북궁마야는 미처 그 모습을 보지 못하고 말을 이었다.
 "그보다 조금 전에 비령으로부터 한 가지 소식이 전해졌다."
 "비령이 무슨 소식을……?"
 "벽검산장 놈들이 사영이란 놈의 거처를 알아낸 것 같다."
 북궁조의 얼굴에 하얀 웃음이 번졌다.
 "그거 잘 됐군요."
 "토끼를 잡더라도 최선을 다해야 하는 법. 하물며 놈은 결코 너에게 뒤떨어지지 않는 놈이다. 흑령조(黑靈組)를 내줄 테니, 놈을 반드시 제거해라."
 북궁조의 두 눈 깊은 곳에서 묵광이 번뜩였다.
 흑령조는 대교주만이 명을 내릴 수 있는 삼비조(三秘組) 중 하나다. 북궁마야가 사영을 제거하기 위해 흑령조를 내놓는다는 건 의외가 아닐 수 없었다.

'호령비위도 아니고, 삼비조를 내주다니. 아버님이 그놈을 너무 높게 보시는 거 같군.'

닭 잡는데 굳이 소 잡는 칼을 쓸 필요가 있을까?

하지만 북궁조는 마다하지 않았다. 조력자가 강해서 나쁠 것은 없었다. 그리고 이 기회에 삼비조의 능력을 확인해 보는 것도 좋을 듯했다.

"놈이 과분한 대우를 받는군요."

"놈은 본좌의 현천마마령에도 흔들리지 않은 놈이다. 완벽히 제거하지 않으면 언제든 위협이 될 게야."

"너무 걱정 마십시오. 흑령조와 제가 함께 가면 놈은 죽은 목숨입니다, 아버님."

4.

제갈신운은 이틀이 지나서야 정신을 차렸다.

남궁성과 우경도장은 그가 깨어났다는 연락을 받고 즉시 그의 방으로 찾아갔다.

"몸은 좀 어떠시오?"

"염려 덕분에 견딜 만합니다. 그런데 제 내상을 도장님께서 손을 쓰셨습니까?"

"허허, 빈도가 무리하게 손을 쓰다 하마터면 큰일 날 뻔했소이다."

"그럼 누가……?"

제갈신운의 눈이 남궁성을 향했다.

남궁성은 몇 번을 망설이다가 그에게 전날의 상황을 말해주었다.

사도무영이 우경도장과 제갈신운을 도와준 후, 벽검산장 사람들과 한바탕 말다툼을 벌이고 떠났다는 것까지.

제갈신운은 내상이 심한 상태에서도 놀라 벌떡 일어났다.

"뭐야? 그게 사실인가!"

"형님, 안정을 취하셔야 한다고……."

남궁성이 급히 말렸지만, 제갈신운은 오히려 눈을 부릅뜨고 소리쳤다.

"은인에게 검을 겨누고 쫓아냈거늘, 내가 지금 안정을 취하게 생겼는가!"

"형님, 그건 용검회 사람들과의 일 때문에 그리 된 것이니 진정하십시오."

사도무영과 벽검산장 사이의 일은 제갈신운도 들어서 알고 있었다. 하지만 그것은 이유가 되지 않았다.

"이곳은 우리 정천맹의 임시분타네. 아무리 용검회의 사람들이 그와 사이가 좋지 않다 해도 그렇지, 그들이 어찌 본 맹의 은인에게 검을 겨눈단 말인가?"

"그게 좀 상황이 애매해서……."

제갈신운이 벌게진 얼굴로 소리치다가, 남궁성의 얼굴에 홍조가 떠오르는 걸 보고 표정이 굳어졌다.

"자네 설마……, 보고만 있었던 건 아니겠지?"

"상황을 정확히 알고 난 후에 나서려 했습니다만, 그가 그대로 도주하는 바람에 그만……."

제갈신운의 칼날 같은 눈빛이 남궁성의 두 눈에 박혔다.

"정확한 상황? 그거라면 내가 알려주지. 그가 아니었다면 선평에 남았던 사람은 모두 그곳에서 죽었을 거네. 최소한 나, 제갈신운, 자네의 의형인 나는 절대 살지 못했을 거네. 설마 그 이유까지 설명해 줘야 하는 건 아니겠지?"

남궁성이 어찌 모를까.

제갈신운은 선천진기를 끌어낸 상황이었다. 만약 사도무영이 아니었다면, 그는 선천진기를 다 쓰고 그곳에서 죽었을 것이었다. 오호단과 정천맹의 무사들 역시 엄청난 피해를 입었을 것이고.

하지만 그 모든 게 반드시 사도무영 덕분이라고는 생각지 않았다.

적도 피해가 만만치 않은 상황이었다. 그들이 그냥 물러났을 수도 있지 않은가 말이다. 비록 확률은 적지만.

"험, 어제 저녁 일이야 그가 큰 도움이 된 건 사실이오만, 선평의 일이 꼭 그 사람 덕분이라고는……."

우경도장이 머쓱한 표정으로 입을 열고는 말끝을 흐렸다.

그리 말은 하면서도 자신의 말이 얼마나 이기적인지 스스로 느끼고 있는 것이다.

제갈신운이 남궁성에게 물었다.

"아우도 그리 생각하나?"

"그의 역할이 컸다는 것에는 소제도 동의합니다. 하지만 근본도 모르는 그를 위해 용검회와 갈라설 수는 없는 일 아닙니까?"

"근본도 모르는 그라……."

제갈신운은 허탈한 표정으로 남궁성을 직시했다.

"내가 사람을 잘못 봤군."

"형님."

"용검회가 나를 죽이겠다고 하면 어떡하겠나? 그들과 갈라설 수 없으니 구경만 하겠나?"

"형님, 그 말이 아니잖습니까?"

"과연 그럴까? 그 사람 덕분에 오호단과 수많은 정천맹의 무사들이 살게 되었네. 어쩌면 자네 역시. 아니 그 일은 차치하고라도, 그는 내 목숨을 두 번이나 구해주었네. 내 생명의 은인이란 말이지. 그런데 자넨 내 생명의 은인인 그를 용검회의 검 앞에 내버려두고 외면했어. 소위 내 아우라는 사람이……."

제갈신운은 이를 악물고 침상에서 내려왔다.

손을 뻗자 한쪽에 세워져 있던 검이 그의 손 안으로 빨려 들어왔다.

"형님!"

"단주!"

남궁성과 우경도장이 깜짝 놀라 그를 불렀다.

하지만 제갈신운은 조금도 망설임 없이 검을 빼들었다. 그리고 자신의 머리 위를 향해 휘둘렀다.

두 사람이 미처 말릴 틈도 없었다.

쉬익, 툭.

단정하게 묶여 있던 상투가 단숨에 잘리고, 머리카락이 얼굴을 덮었다.

제갈신운은 검을 옆구리에 끼우고, 머리카락 사이로 남궁성을 바라보았다.

"오늘부터 태양을 직접 보지 않을 생각이네. 나에겐 그럴 자격이 없네. 그리고 자네도…… 앞으로는 나를 형이라 부르지 말게. 나는 어제부로 죽은 사람이니까."

남궁성과 우경도장은 바닥에 널려 있는 머리카락 뭉치를 보며 할 말을 잊었다.

그러다 제갈신운이 밖으로 나가려 하자 다급히 불렀다.

"단주, 어디를 가시려고 그러시오? 진정하시구려!"

"그를 찾아갈 생각입니다. 잘못했다고 죄를 빌어야지요."

"그 일은 나중에 해도 되지 않소? 당장 구천신교의 공격이 있을지 모르거늘……."

"어차피 저는 어제 죽었을 사람, 이곳은 도장님이 이끌어 주십시오."

남궁성이 그의 앞으로 달려가 털썩 무릎을 꿇었다.

"제가 잘못했습니다! 용서해주십시오, 형님!"

제갈신운은 걸음을 멈추지 않았다.

"나에게 사죄할 수 있는 기회까지 박탈하고 싶은가? 그게 아니라면 비켜주게."

"제가, 제가 가겠습니다!"

"자넨 제갈신운이 아니네. 그리고 좀 전에도 말했다시피……, 난 이제 자네 형이 아니야."

"형님! 형니이임! 크흐흐흑!"

남궁성이 통곡했다.

그러나 제갈신운은 일말의 흔들림도 없이 그를 비켜 방을 나섰다.

제4장
어둠 속에서
혈풍은 불고

1.

 선평의 격전 이후 구천신교와 정천맹은 의외라 할 정도로 움직임이 거의 없었다.
 서로 피해가 많다 보니 일시적인 소강상태에 접어든 것이다.
 전열이 정비되면 언제 또다시 싸움이 벌어질지 모르는 일. 사도무영은 만소개를 내보내 정보를 모으라 하고, 그 사이 회천선기와 현천수호령을 한 단계 끌어올리기 위해 전력을 다했다.
 현재의 실력만으로도 천하에 적수가 몇 없을 거라는 건 분명했다. 그러나 상대는 대세력이고, 자신에게는 그런 세력이 없었다.

한 손으로 열 손을 당해내기는 쉽지 않은 법. 그들을 상대하려면 더욱 강해져야 했다.

그가 수련에 전념하자 다른 사람들도 가만있지 않았다.

장막심과 양류한, 도담, 적도광, 추강은 비무를 하며 의견교환하기를 서슴지 않았다.

자신이 지닌 무공을 함부로 내보이지 않는, 강호의 보편적인 정서와는 동떨어진 행동이었다. 하지만 그들은 조금도 망설이지 않고 자신의 모든 것을 드러냈다.

어차피 사도무영에 비하면 별것도 아닌 실력. 그런 실력을 가지고 이것저것 따진다는 게 우스웠다.

와중에 상대가 강해지면 자신에게도 득이 되는 일이 아닌가.

그렇게 사흘째 되던 날.

거처인 운양각에서 회천선기를 운용하던 사도무영은 기이한 느낌이 들었다.

내 몸이 내 몸처럼 느껴지지 않았다. 육신과 정신이 따로따로 떨어져 있는 기분.

그는 의식하지도 못한 사이 자연스럽게 의념의 상태로 진입했다. 한데 항상 텅 빈 듯 아무것도 없던 곳에 자신의 모습이 투영되어 있는 것이 아닌가.

그것은 마치 자신의 몸에서 빠져나온 정신이 운기에 몰두한

육신을 쳐다보는 듯했다.

'이, 이거 큰일 나는 거 아냐?'

이전에 의념상태에 들어갔을 때와는 느낌도, 보이는 상황도 달랐다.

육신과 정신이 갈라지다니!

그것은 죽음에 이르러서나 가능한 일이 아닌가 말이다.

물론 자신이 지금 죽지 않았다는 것을 모르진 않았다. 우화등선한 것도 당연히 아닐 것이고.

아무래도 회천선기에 너무 깊이 빠져서 두정이 열리고 정신이 육신을 벗어난 상태에 이른 것 같았다.

조금은 겁이 났다.

그는 우화등선하고 싶은 마음이 눈곱만큼도 없었다. 이승을 떠나고 싶은 마음은 더더군다나 없었고.

조화설을 놔두고 우화등선이라니!

절대 그럴 수는 없었다.

솔직히 이때만큼은 아버지, 어머니를 비롯해 사부님이나 그 누구보다 조화설이 제일 먼저 떠올랐다. 죄송했다.

'죄송해요, 아버지, 어머니, 그리고 사부님. 교교야, 너는 오빠를 이해해줘라. 솔직히 너는 생각이 안 났어.'

그런데 이제 어떻게 해야 하지?

사도무영은 자신의 머리 위를 빤히 쳐다보았다.

머리 위쪽 백회혈 근처에서 신비한 빛을 뿜어내는 푸르스름한 안개가 천천히 휘돌고 있었다.

너 누구냐! 나 맞아?

사도무영은 심란한 눈빛으로 자신을 노려보았다.

바로 그때였다.

뭔가 이질적인 기운이 사방에서 몰려오는 게 느껴졌다.

그는 고개를 들고 좌우를 둘러보았다.

갑자기 운양각 바깥 광경이 환하게 보였다. 그리고 몸을 일으키자 운양장 전체가 한눈에 들어왔다.

그뿐이 아니었다.

이질적인 기운의 정체에 의문을 품고 마음을 여는 순간, 운양장 바깥의 송림이 손바닥에 잡힐 듯했다.

이질적인 기운은 바로 그 송림 너머에서 느껴지고 있었다. 아쉽게도 거기까지는 능력이 닿지 않아 선명히게 보이지 않았지만.

적이다!

그 생각과 동시에 사도무영의 정신이 몸속으로 빨려 들어갔다. 굳이 고민할 것도 없이, 본능적인 의지가 육신과 정신을 하나로 합한 것이다.

그 바람에 그는 미처 보지 못했다.

의념의 세계, 저 구석 양쪽에서 슬며시 고개를 내미는 두 기운의 모습을. 무천진인과 지옥천종을!

「믿을 수 없어, 저 아이의 두정이 벌써 열리다니. 아무리 빨라도 삼 년은 더 걸릴 거라 생각했는데…….」

그럼 큰일이었다. 아쉬워야 자신에게 사정할 텐데, 자칫하면 오히려 자신이 사정해야 할 판이었다.

고민은 지옥천종도 마찬가지였다.

「어, 어떻게 된 거지? 설마 천지교태를 이루었단 말인가? 이건 거짓말이야!」

천지교태를 이루면 지옥의 어둠이 변질된다. 마가 극에 이르면 선과 구별이 없어지는 것이다. 그건 자신이 바라는 바가 아니었다.

무천진인은 반대편에 있는 지옥천종이 고민하는 걸 보고 코웃음 쳤다.

「흥! 지옥의 마귀가 어찌 알까? 회천선기가 극에 이르면 하늘과 땅의 기운을 하나로 하는 것쯤 일도 아니거늘.」

「웃기는 소리! 저건 분명히 본좌의 능력을 이어받았기에 가능한 일이니라!」

「미쳤군. 그깟 지옥의 잡학이 뭐가 대단하다고…….」

「이 죽일 놈이!」

「네 이놈! 나이도 새까맣게 어린놈이 어디서 감히……!」

「흥! 네놈이 몇 살인지 몰라도, 나도 먹을 만큼 먹었느니라!」

사도무영은 눈을 번쩍 뜨고 자리에서 일어났다.

순간 느닷없이 골치가 지끈거렸다.

눈을 질끈 감고 머리를 세차게 흔든 그는 마음으로 소리쳤다.
「또 뭐야? 그마아안!」
지끈거리던 머리가 순식간에 맑아졌다.
아무래도 무천진인이 자신의 상태를 엿보고 뛰쳐나온 듯했다.
도움을 청할 때는 코빼기도 보이지 않더니.
좌우간 지금은 무천진인과 신경전 벌일 때가 아니었다.
사도무영은 문을 열고 밖으로 나왔다.

무천진인과 지옥천종은 망연한 마음이었다.
「의념의 세계가…… 흔들렸어!」
「뭐 이런 미친 일이……!」
천둥벼락이 치며 세상이 뒤집어지면 이런 일이 벌어질까 싶었다. 혼몽해진 둘은 기절직전까지 갔다가 겨우 정신을 차렸다.
문제는 앞으로였다. 만약 사도무영이 자신의 의지로 의념의 세계를 움직일 수 있다는 걸 알게 된다면?
질질 끌려갈 수밖에 없다. 아니면 모든 것을 잃고 의념을 떠나든지.
걱정이 태산보다 더 쌓였다.

2.

어스름이 밀려드는 시각.

밖으로 나온 사도무영은 경비를 서고 있는 수라십이살을 보내 사람들을 불러 모았다.

장막심과 양류한, 도담과 적도광, 추강이 거의 동시에 달려왔다.

제일 먼저 달려온 도담이 물었다.

"적이라 하셨습니까, 령주?"

"그렇소. 다수의 적이 접근하고 있소. 수라단과 호위대에게 알리고, 정 노인에게는 가솔들을 안전한 곳으로 대피시키라 하시오."

장막심이 의아한 표정으로 좌우를 둘러보며 말했다.

"적이라고? 놈들이 어디……?"

"구천신교에서 몰려왔습니다. 지금 송림 외곽에 숨어 있는데, 곧 몰려올 것 같습니다."

"……"

구천신교? 송림 외곽이라고?

장원에서 최소 오십 장은 떨어져 있는 곳이다.

방에 있던 사람이 어떻게 그걸 알았을까? 혹시 잠자다가 적이 오는 꿈을 꾼 것 아닐까?

문득 그런 생각이 들었지만, 그래도 일단 명이 떨어진 이상

이행해야 했다.

"뭐하나? 어서 가서 알리게."

장막심이 다그치자, 적도광과 추강이 힐끔 사도무영을 질린 눈으로 바라보고는 돌아섰다.

수라단원과 수라십이살은 가솔들을 대피시키고 기문진이 펼쳐진 정원을 노려보았다.

적이 정문으로 들어오지 않는 이상 기문진에 걸리지 않을 수 없었다. 물론 십여 장을 한 번에 날아온다면 기문진을 넘어올 수도 있겠지만.

사도무영은 전면을 바라보며 눈살을 찌푸렸다.

적이 삼면에서 빠르게 몰려오는데, 거리가 가까워질수록 적의 강함이 피부로 느껴졌다.

'강한 자들이다!'

게다가 숫자도 예상보다 많았다.

스스스스……

곧 장막심 등도 적의 기운을 느끼고 잔뜩 굳은 표정으로 무기를 움켜쥐었다.

어스름 속에서 죽음의 안개가 밀려드는 기분.

"씨벌, 어디 죽고 싶으면 들어와 봐라!"

장막심이 욕설을 내뱉으며 검을 빼들었다. 양류한과 도담, 적도광과 추강도 무기를 빼들고 이를 악물었다.

적은 순식간에 담장 가까이 접근했다. 그리고 사도무영이 도를 잡은 좌수에 힘을 준 순간 담장을 넘었다.

담장을 넘은 자들은 일순간 당황한 표정을 지었다.

건물이 사라지고, 어둠이 내려앉은 드넓은 벌판이 눈앞에 펼쳐져 있는 것이다.

기문진 안에 갇힌 자는 모두 삼십여 명.

"죽이시오!"

사도무영의 명이 떨어지자, 수라단원과 수라십이살은 기문진 안으로 들어가 당황하는 자들을 척살했다.

"으악!"

"헉!"

"어떤 새끼가……, 컥!"

잠깐 사이 십여 명이 피를 뿜으며 기문진 안에서 쓰러졌다.

수라단원과 수라십이살은 한 사람이라도 더 죽이기 위해 기문진을 들락거리며 무기를 휘둘렀다.

뒤늦게 담장을 넘은 자들이 대경해 소리쳤다.

"조심해라! 기문진이 펼쳐져 있다!"

"함부로 움직이지 말고, 눈을 감고 대응해!"

여기저기서 고함소리가 터져 나왔다.

그 후부터는 적들도 바로 담장을 넘지 않았다. 그들은 담장 위에 서서 장원 안을 노려보았다.

그때 냉랭한 목소리가 회색하늘을 울렸다.

"기문진의 범위는 십 장 정도다! 경공을 펼쳐서 최대한 안쪽으로 내려서라!"

"정문을 부수고 들어가! 그곳에는 기문진이 없을 것이다!"

어떤 눈치 빠른 자가 또 소리쳤다.

쾅!

정문이 산산이 부서져나가며 이십여 명의 무사가 검은 안개처럼 밀려들어갔다.

담장 위에 있던 자들 중 십 장을 날아갈 수 있는 자는 경공을 펼치고, 그렇지 못한 자들은 정문 쪽으로 방향을 틀었다.

사도무영은 적의 움직임을 보며 표정이 굳어졌다.

빠르고 단호한 행동! 죽음을 두려워하지 않는 자들이다.

기문진만으로 막을 수 없을 것 같다.

자신 혼자라면 걱정할 것 없었다.

회천선기가 구성에 근접한 상태. 천하에서 일 대 일로 자신을 어렵게 할 자는 열을 넘지 못할 것이었다.

하지만 이곳에는 자신만 있는 것이 아니었다. 그리고 적의 숫자는 언뜻 봐도 백 명이 넘었다. 작심하고 왔다는 말.

아무래도 너무 방심했던 것 같다.

추적의 전문가를 붙여서 은밀히 조사했을지도 모르거늘.

'화설 누이가 없다고 너무 안이하게 생각했나?'

그가 자책하는 사이, 장원 안으로 들어온 자들과 장막심 등이 얽혀 들었다.

"와라, 개자식들!"

장막심이 커다란 검을 쭉 뻗으며 고함을 질렀다.

정문을 통과한 자들 중 다섯 명이 장막심을 포위했다.

양류한을 향해서도 서너 명의 무사가 달려들었다.

도담과 적도광, 추강은 담장에서 신형을 날린 자들을 향해 쇄도했다.

정문을 통해서 들어온 자들보다 그들이 더 위협적이었다.

수라단원과 수라십이살도 기문진에 갇힌 자들을 놔두고 장원 안으로 들어온 자들을 상대했다.

사도무영은 훌쩍 몸을 날려 장원 한가운데로 뛰어들었다.

뭣도 모르고 구천신교의 무사 세 명이 그를 향해 달려들었다.

따당! 서걱!

사도무영의 신형이 한 바퀴 휘도는가 싶더니, 그를 향해 달려들던 자들이 낫에 잘린 허수아비처럼 힘없이 쓰러졌다.

"컥!"

"흐억!"

"조심해! 그놈이 사영이다!"

근처에 있던 자 하나가 악을 쓰듯이 외쳤다.

구천신교의 무사들은 바로 앞에 화탄이라도 떨어진 듯 주르륵 뒤로 물러났다.

바로 그때였다.

격전장의 소음을 뚫고 냉랭한 목소리가 울렸다.

"네가 사영이더냐!"

사도무영은 정문 쪽을 쳐다보았다.

똑같이 흑의를 입은 중년인 다섯이 정문의 지붕 위에 서 있었다.

처음 보는 자들이었다. 호교무장전을 치르는 동안 나름대로 강자라 하는 자들을 살펴보았었다. 그런데 지붕 위의 다섯 중 그 자리에 있었던 자는 하나도 없었다.

분명한 것은, 하나같이 초절정의 고수들이라는 것이다.

이상했다. 저 정도 고수들이 일체 모습을 드러내지 않았다니.

스읔.

사도무영은 한 걸음에 십여 장을 나아가며 정문으로 향했다.

전면에 있던 십여 명이 사도무영을 향해 쇄도했다.

하나하나가 수라단원이나 수라십이살에 비해 크게 뒤지지 않는 자들.

사도무영은 그들을 바라보며 도를 쥔 손에 공력을 흘려 넣었다.

동시에 그의 몸 주위로 회천무벽의 기운이 휘돌았다.

적의 숫자가 너무 많다. 최대한 빨리 많은 자를 제거하지 못하면 누구도 생사를 장담할 수 없을 것이다.

피해를 줄일 수 있는 방법은 오직 하나뿐.

속전속결!

걸음걸음마다 그의 주위에서 일던 회오리가 강해졌다.

쇄도하던 자들은 흠칫한 표정이면서도 멈추지 않았다.

쉬이익!

일 장의 거리를 두고, 사도무영의 수라도가 사선으로 그어졌다.

쩍!

허공이 갈라지는 소리와 함께 전면으로 달려들던 두 사람이 그대로 무너졌다.

털썩!

바닥에 꼬꾸라진 후에야 그들의 몸에서 피분수가 솟구쳤다.

미처 경악할 틈도 없었다.

콰광!

사도무영의 좌수가 허공을 두들기는가 싶더니 또 두 사람이 튕겨졌다.

고오오오!

순간이었다. 사도무영을 감싸고돌던 회천무벽의 기운이 탄자결로 바뀌며 공간이 이지러졌다.

"피해!"

앞에 있던 자가 안색이 흙빛으로 변한 채 소리쳤다.

그와 동시, 사도무영이 용천풍을 펼치며 무사들 사이를 누볐다.

수라도가 허공을 수십 조각으로 가르고, 좌수에서 뻗어나간 시퍼런 장력이 대기를 터트렸다.

상대하는 자들도 결코 약한 자들이 아니었다. 하지만 그것도 상대 나름이었다.

수라도에서 뻗친 도강은 상대의 무기를 부수고, 튕겨내며 몸까지 갈라버렸다.

회천무벽에 휘말린 자들이 피를 뿌리며 사방으로 날아갔다.

우르릉! 콰과광! 떠덩!

"크억!"

"켁!"

대기가 터져 나가는 소리!

비명과 신음!

허공에 자욱한 피안개!

사도무영 주위로 공포가 휘몰아쳤다.

죽음을 불사하고 달려들던 자들조차 공포에 질린 표정으로 주춤거리며 물러섰다.

지붕 위에 있던 자들이 움직인 것은 바로 그때였다.

옷자락 흔들리는 소리도 없이 유령처럼 몸을 날린 다섯 사람은 깃털처럼 사도무영 앞에 내려섰다.

그들은 눈앞에서 펼쳐진 광경을 보고도 전혀 흔들리지 않았다.

철컥, 스르릉.

다섯이 하나처럼 동시에 무기를 빼들었다.

검, 도, 겸(鎌), 철조(鐵爪), 구절편(九折鞭). 무기도 제각각이었다.

흑령조(黑靈組).

다섯으로 이루어진 구천신교 삼비조 중 하나.

지옥에서 살아나온 후 북궁마야의 명에 의해 철저히 단련된 그들은 오죽 죽음이 필요할 때만 움직였다.

오늘의 목표는, 그들이 사영이라 알고 있는 사도무영이었다.

사도무영은 다가오는 중년인 다섯을 보고 숨을 깊게 몰아쉬었다.

본능으로 느껴졌다.

이들은 죽음을 벗 삼아 살아온 자들이다.

더구나 각기 다른 무기를 들었음에도 일체감이 느껴진다.

철저히 합공으로 단련되었다는 뜻.

지닌 무위보다 몇 배는 더 위험한 살인귀들이다.

그들이 반원을 이루며 다가오자, 반경 삼 장 안쪽이 진공상태로 변한 듯했다.

'구천신교, 역시 내가 본 것이 전부가 아니었어!'

사도무영은 도에 공력을 흘려 넣으며 주위 상황을 재빨리 살펴보았다.

개개인이 대여섯 명씩 상대하는 상황이었다.

그나마 도담이나 적도광, 추강, 장막심, 양류한은 그럭저럭 견뎠다.

문제는 수라단원과 수라십이살이었다. 그들은 셋을 막기가 버거웠다.

게다가 구천신교의 무사들을 지휘하는 조장급 이상의 간부들 십여 명은 그들보다도 강했다.

도담과 장막심 등이 최대한 그들을 상대했지만, 숫자가 많다 보니 서너 명은 수라단원과 수라십이살이 맡을 수밖에 없었다.

피해의 대부분은 그들 때문이었다.

수라십이살 중 세 사람이 쓰러지고, 수라단원도 상황이 썩 좋지는 않았다.

두어 명은 이미 바닥에 쓰러져 있고, 서너 사람은 피로 물든 채 겨우겨우 버티는 중이었다.

그들은 동료의 죽음에 이를 갈며 욕을 퍼부었다.

"개자식들! 얼마든지 와라! 다 죽여주마!"

"오호호호! 이 언니가 거기를 예쁘게 잘라주마! 어디 덤벼 봐!"

"남자새끼들이 떼로 덤비다니! 가랑이를 찢어죽일 놈들!"

"앞으로는 물건 떼어놓고 다녀라! 헛! 이 개자식이!"

하지만 상황은 조금도 좋아지지 않았다. 구천신교의 무사들은 욕설에 아랑곳없이 손속을 늦추지 않았다.

사도무영은 서 있던 그대로 주욱 물러났다.

눈 깜빡할 순간에 십여 장을 물러난 그의 손에서 번갯불이 번쩍였다.

미고를 공격하던 두 명의 무사가 입을 쩍 벌린 채 쓰러졌다.

"호호호, 고마워요, 령주! 나중에 한 번 줄게요!"

미고는 그 와중에도 농담 아닌 농담을 하며 적을 향해 뛰어들었다.

사도무영은 둘을 해치우고 또 다른 먹이를 향해 도를 휘둘렀다.

흑령조 다섯은 그가 무슨 행동을 하던 묵묵히 그림자처럼 따라붙었다.

구천신교의 무사들이 다 죽어도, 자신들은 사도무영만 죽이면 된다는 듯.

결국 여섯 명을 더 벤 사도무영은 더 이상 구천신교의 무사들을 공격할 수가 없었다.

흑령조가 오행의 방위로 포위한 것이다.

사도무영은 속으로 동료들의 안전을 빌며 공력을 끌어올렸다.

'부디 끝까지 견뎌주기를!'

그는 회천선기를 구성까지 끌어올려 도에 주입하고 좌수를 비틀었다.

지옥마갑이 반쯤 돌며 걸쇠에 걸렸다.

철컥.

그때 문득, 정문으로 들어오는 자가 보였다.

사도무영은 그를 보고 안색이 급변했다.

자신이 아는 자였다. 희미한 웃음이 입가에 걸린 서른 가량의 장한.

'북궁조!'

그랬다. 북궁마야의 아들인 구천총령 북궁조가 마침내 운양장에 모습을 드러낸 것이다.

그가 왔다는 것은 한 가지를 의미했다.

반드시 자신을 죽이겠다는 뜻!

"정식으로 인사를 나눈 적은 없는 것 같군. 나는 북궁조라고 하네. 자네 머리를 가지러 왔지."

머리를 가지러 왔다는 놈이 인사는!

"꿈 깨라, 북궁조!"

사도무영은 홱 몸을 틀며 구절편을 든 자를 향해 도를 휘둘렀다.

도강이 채찍처럼 휘어지며 구절편을 든 자를 쓸어갔다.

구절편을 든 자, 흑편마는 피하지 않고 정면으로 부딪쳐왔다.

그와 동시, 기다렸다는 듯 나머지 사인이 움직였다.

쩌러렁!

사도무영의 공세가 구절편을 튕겨내고 해일처럼 밀려갔다.

흑편마는 한 걸음도 물러서지 않고 구절편을 휘돌렸다.

아홉 마디로 된 구절편이 소용돌이처럼 휘돌며 수라도를 감쌌다.

따다당!

사도무영은 수라도로 구절편의 마디를 쳐내며 흑편마의 일곱 자 앞까지 접근했다.

당장이라도 수라도의 도강이 흑편마의 몸을 반으로 가를 듯했다. 한데도 흑편마는 조소를 지었다. 죽일 수 있으면 죽여보라는 듯.

사도무영은 그 웃음의 의미를 알기에 일단 도를 거두고 허공으로 솟구쳤다.

흑편마를 죽이기 위해선 나머지 네 사람에게 합공당할 각오를 해야만 했다.

흑편마가 물러섰다면 제거하고 나서 피해도 되지만, 그 자리에서 악착같이 버티니 그럴 여유가 없는 것이다.

'젠장, 보기와 달리 여우같은 자들이군.'

물론 회천무벽으로 몸을 보호하면 그들의 공세를 감당할 수 있을지도 몰랐다. 그러나 회천무벽이 완벽하게 막아내지 못하면 더욱 위험해질 것이었다.

한 사람을 제거하기 위해 불필요한 모험을 할 이유가 없었다.

그가 솟구치자 후면과 좌우에서 공격해오던 네 사람도 함께 솟구쳤다.

용천풍을 펼친 사도무영은 허공에서 몸을 바람개비처럼 휘돌리며 도를 떨쳤다.

도강이 흑의중년인들의 머리 위로 소나기처럼 쏟아졌다.

콰과과광!

천지를 뒤흔드는 굉음이 연이어 울리며, 흑의중년인들이 사도무영의 공세와 정면으로 충돌했다.

사도무영은 그들과 부딪친 충격을 이용해 허공으로 삼 장을 더 솟구친 다음 장막심 등을 향해 소리쳤다.

"모두 이곳을 빠져나가시오!"

그때였다. 북궁조가 그를 향해 날아들며 쌍장을 휘둘렀다.

"다른 놈은 몰라도, 너는 오늘 반드시 죽는다, 사영!"

사도무영은 좌수로 풍뢰수를 펼쳐 북궁조의 장력에 맞섰다.

콰르릉!

풍뢰수와 북궁조의 장력이 정면으로 충돌하자, 두 사람의 신형이 뒤로 죽 날아갔다.

순간 땅으로 내려섰던 흑령조 다섯 중년인이 사도무영을 향해 신형을 날렸다.

사도무영은 허공에서 몸을 빙글 돌리며 아수라구도식 중 삼 초를 펼쳐 흑령조의 공세를 막았다.

그때 흑편마가 자신의 목숨을 돌보지 않고 구절편으로 수라도를 휘감았다. 뒤이어 흑조마가 한 자 반 길이의 철조 두 개를 엇갈려 도와 구절편을 얽어맸다. 그리고 흑검마와 흑도마, 흑겸마가 좌우와 후면에서 달려들며 강기가 서린 무기를 휘둘렀다.

찰나 간, 흑령조의 얼굴에 살소가 떠올랐다.

무기를 놓지 않을 수 없는 상황.

무기가 없는 상태라면 승산이 충분하다고 생각하는 듯했다.

사도무영은 그대로 수라도를 밀어 넣었다.

푹!

수라도에서 뻗은 도강이 흑편마의 가슴을 꿰뚫었다.

흑편마는 가슴이 꿰뚫리고도 웃었다.

사도무영은 도를 놓고 손바닥으로 도병 끝을 쳤다. 그리고 그 힘을 이용해 몸을 튕겨 올렸다.

흑령조 세 사람의 검, 도, 겸이 사도무영을 향해 쇄도했다.

그들을 보는 사도무영의 입가에 차가운 웃음이 번졌다.

그가 좌수를 비튼 순간!

퉁! 하는 작은 소리와 함께 지옥전이 튀어나왔다.

회심의 미소를 지으며 도를 휘두르던 흑도마가 반사적으로 머리를 젖혔다.

하지만 곧 그의 두 눈이 튀어나올 것처럼 커졌다.

그의 뺨을 가르고 지나간 지옥전이 사도무영의 손짓에 따라 반원을 그리더니, 지옥전사가 순식간에 흑도마의 목을 휘어감은 것이다.

사도무영은 지옥전사를 잡아당기고는, 그 힘을 이용해 옆으로 일 장 가량 흘렀다.

동시에 우수를 활짝 펼쳐 흑검마와 흑겸마를 향해 회혼지를 튕겼다.

쐐애액!

흑검마와 흑겸마가 수상함을 느끼고 몸을 틀었다. 그러나 그들이 피하기엔 회혼지가 너무나 빨랐다.

쩡! 퍽!

흑검마는 본능적인 감각으로 회혼지의 진로를 차단했지만, 흑겸마는 미처 막지 못하고 어깨를 꿰뚫렸다.

"흡!"

두 사람이 튕겨지자 사도무영은 지옥전을 회수했다.

순간이었다.

서걱!

허공에서 흑도마의 머리가 떨어지고, 머리가 없는 목에서 피분수가 회색빛 어둠 속으로 솟구쳤다.

지옥전을 회수한 사도무영은 허공을 날아 십 장 밖으로 내려섰다.

한편, 북궁조는 어이가 없었다.

도를 빼앗는 걸 보고 이제 즐기기만 하면 될 거라 여겼다. 그런데 그게 아니었다.

흑령조 중 하나가 죽고, 두 사람이 중상을 입은 상황.

기껏해야 숨 두어 번 쉴 시간에 그 모든 일이 벌어졌다.

"참으로 무서운 놈이구나!"

북궁조는 노성을 내지르고는, 땅에 내려서는 사도무영을 공격했다.

그의 공세는 조금 전과 판이했다.

조금 전에는 흑령조를 믿었기에 칠성의 공력만 썼지만, 이번에는 구성까지 끌어올린 상태였다.

더구나 현천교의 교주만이 익힌다는 현천광혼기(玄天光魂氣)를 펼친 터였다.

고오오오!

그가 쌍장을 떨친 순간, 한 덩어리 먹구름이 점점 어두워져 가는 허공을 짓누르며 밀려갔다.

땅에 내려선 사도무영은 우수로 하늘을, 좌수로 땅을 가리키고는, 북궁조가 이 장 거리까지 다가오자 하늘과 땅을 뒤집어 건곤무영인을 펼쳤다.

콰광!

굉음과 함께 땅이 통째로 들썩였다.

동시에 두 사람의 신형이 땅에 깊은 골을 남기며 뒤로 주르륵 밀렸다.

찰나였다.

목이 잘린 흑도마를 제외한 흑령조 넷이 사도무영을 덮쳤다.

흑편마의 가슴에는 여전히 수라도가 꽂혀 있었고, 흑겸마의 어깨에선 핏물이 줄줄 흐르고 있었다. 하지만 그들은 고통을 모르는 자들처럼 별다른 표정 변화를 보이지 않았다.

사도무영은 땅에 박힌 발을 빼내고 이를 악물었다.

북궁조의 공력은 자신과 거의 차이가 없었다.

연속된 공격을 받은 상황에서 북궁조와의 충돌은 그의 공력을 흔들기에 충분했다.

게다가 흑령조 넷이 다시 달려드는 상황.

그는 일단 뒤로 이 장 가량 물러나며 숨 한 번 쉴 시간을 벌었다. 그러고는 아직도 접전 중인 장막심 등을 향해 소리쳤다.

"형님! 어서 이곳을 벗어나라니까요!"

수라단원 중 여섯이 쓰러졌다. 막도, 교상, 청구홍 등 대부분이 이미 몸이 피로 물든 상태였고, 수라십이살도 다섯이 쓰러지고 일곱밖에 남지 않았다. 지금이 아니면 영원히 빠져나가지 못할지 몰랐다.

문제는 숨어있는 가솔들이었다. 그러나 구천신교도 이곳에 오래 머물 수는 없을 터. 자신들이 떠난 상태에서 힘없는 하인들까지 찾아 죽이지는 않을 가능성이 컸다.

그가 소리치자, 장막심이 입술을 깨물고 뒤로 물러났다.

"지미! 동생이 먼저 도망 가! 오늘 만큼은 내 말을 들어!"

"고집피울 때가 아닙니다! 어서 가요!"

"아 씨발!"

"다른 사람도 어서 이곳을 떠나시오!"

잠깐 사이 수라단원과 수라십이살 중 셋이 또 쓰러졌다.

장막심의 터진 입술에서 피가 흘렀다.

정말 떠나고 싶지 않았다. 하지만 자신들이 떠나지 않으면 사도무영도 떠나지 않을 것이었다.

모두가 그걸 알기에 더욱 참담한 마음이었다.

언제까지 사도무영에게 뒤를 맡기고 도망만 쳐야 한단 말인가!

"가자고! 동생이 가라잖아!"

장막심이 전력을 다해 검을 휘두르며 악을 쓰듯 소리쳤다.

도담이 초혼혈기를 일으켜 구천신교의 무사들을 상대하며 수라단원과 수라십이살이 후퇴할 길을 열어주었다.

"추 대주! 저 형! 수하들을 먼저 물러나게 하시오!"

그의 검에서 붉은 기운이 뻗어나갈 때마다 구천신교의 무사들은 주춤거리며 물러섰다.

추강과 적도광이 도담과 함께 저지선을 형성하고 수하들을 물러나게 했다.

"즉시 이곳을 벗어나라!"

장막심과 양류한이 앞장섰다.

"우리가 앞을 뚫겠다! 따라와!"

수라단과 수라십이살 중 살아남은 열다섯은 두 사람을 따라 앞마당을 벗어났다.

장막심은 더 이상 사람을 죽이지 못하는 반쪽 무사가 아니었다. 대여섯 명이 그의 손에 죽었는데, 그 중 셋을 그가 직접 검으로 찔러 죽인 것이다.

그래서 그런지 검을 휘두르는 그는 반쯤 제정신이 아닌 것처럼 보였다.

"죽기 싫으면 비켜, 개자식들아!"

한편.

사도무영은 그 사이 흑령조 넷의 공격을 용천풍과 귀영신법으로 피하며 역공을 가했다.

아무래도 부상이 심한 흑편마와 흑겸마의 행동이 둔한 상황. 그는 구절편이 만든 편영 사이를 유령처럼 누비며 흑편마에게 접근했다.

구절편에서 뻗친 기운은 회천무벽의 방어막에 부딪치며 옆으로 흘러서 그에게 별다른 충격을 주지 않았다.

찰나의 순간에 흑편마의 바로 옆까지 접근한 사도무영은 손을 뻗었다.

흑편마의 왼쪽 가슴에 꽂혀 있는 수라도의 손잡이가 잡혔다.

흑편마는 사도무영이 수라도를 잡자, 마주 손을 뻗어 도신을 움켜쥐었다.

순간 손잡이를 비튼 사도무영은 도를 사선으로 잡아 빼며 공력을 폭출시켰다.

퍼억!

"끄윽!"

뒤로 날아가는 흑편마의 몸뚱이에서 핏줄기가 솟구쳤다.

그때 흑조마의 전 공력이 실린 철조가 사도무영의 등에 떨어졌다.

텅!

철조는 등에 박히지 않고, 다섯 치 허공에서 위로 튕겨졌다.

흑조마는 눈을 크게 뜨고 이를 악물었다. 거대한 반탄력에 손목뼈가 어긋났는지 한쪽 팔목이 꺾여 있었다.

사도무영도 무사하지는 못했다.

비록 회천무벽으로 튕겨내긴 했지만, 내부에 전해진 충격까지 완벽하게 해소하지는 못한 것이다.

'으음……'

신음을 억누른 사도무영은 휙 몸을 돌리며 도를 휘둘렀다.

흑조마가 급히 뒤로 물러섰다. 그러나 도에서 뻗어나간 도강이 그의 꺾인 팔목을 그대로 잘라버렸다.

"크윽, 이 죽일 놈이!"

"죽어라!"

바로 그때, 흑검마의 검과 흑겸마의 겸이 사도무영의 머리와 허리를 노리고 떨어졌다.

빈틈을 철저히 노리고 펼쳐진 공세는 사도무영이 피할 길을 철저히 차단했다.

거기다 팔목이 잘린 흑조마도 이글거리는 눈으로 달려들었다.

사도무영은 회천무벽으로 몸을 보호하고 아수라무광일도단천식을 펼쳤다.

번쩍! 쾅!

파란 광채가 도첨에서 터져나가며 흑조마의 몸을 날려버렸다.

단숨에 흑조마를 처리한 사도무영은 빙글 몸을 돌리며 회천무벽의 탄자결을 회자결로 바꾸었다.

검과 겸에서 뻗친 강기가 그의 몸에서 세 치 떨어져 흘렀다.

그럼에도 옷이 찢기고 살이 갈라졌다.

사도무영은 무심한 눈으로 흑검마와 흑겸마를 노려보며 도를 열십자로 갈라 쳤다.

두 줄기 번개가 교차하며 검과 겸을 튕겨냈다.

쩌정! 땅!

설마 사도무영이 몸으로 강기를 막아낼 줄이야!

그럴 거라고는 꿈에도 생각 못한 두 사람은 강력한 사도무영의 도세를 이기지 못하고 뒤로 밀려났다.

둘을 제거할 수 있는 절호의 기회!

하지만 사도무영은 그들을 공격할 겨를이 없었다.

뒤에서 거대한 기운이 밀려오고 있었다. 기회만 엿보던 북궁조가 공격에 가담한 것이다.

'비겁한 놈!'

한편으로는 그래서 더 무서운 자였다. 목적을 위해서는 수단방법을 가리지 않겠다는 뜻이 아닌가 말이다.

사도무영은 다시 몸을 돌리고 북궁조의 공세에 맞섰다.

아수라무광일도단천식은 공력소모가 많은 만큼 자제했다.

대신 아수라구도식 중 후반 삼식과 풍뢰수, 회륜천강권을 적절히 섞어서 펼쳤다.

콰르르릉!

천둥벼락이 떨어지는 소리와 함께 두 사람의 기운이 엉켜들었다.

북궁조는 공격을 하면서도 계속 사도무영의 좌수에 신경 썼다. 흑도마의 목을 날려버린 물체가 좌수에서 튀어 나온 것을 본 것이다.

사도무영으로선 다행이었지만, 그렇다고 해서 안도할 상황은 아니었다.

뒤로 물러났던 흑검마와 흑겸마가 다시 공세에 가담하고, 주위로 구천신교 무사들이 몰려들고 있었다.

그 시각, 수라단원과 수라십이살 열다섯은 장막심과 양류한을 따라 정원을 지난 후 담장을 넘어갔다.

정원에 펼쳐진 기문진 때문인지 구천신교의 무사들은 함부로 추적하지 못했다.

도담과 적도광, 추강도 담장을 넘기 위해서 전력을 다해 구천신교의 무사들을 따돌렸다.

한데 그때였다.

한쪽 팔을 축 늘어뜨린 채 검을 펼치던 추강을 향해 두 사람이 달려들었다. 구천신교 교도들을 지휘하는 자들 중 둘이었다.

추강의 눈빛이 잘게 흔들렸다.

평소라 해도 만만하게 볼 자들이 아니다. 하물며 둘이고, 자신은 한쪽 팔을 못 쓰는 상태다.

정면대결을 피해야 할 상황.

문제는, 자신이 뚫리면 도담과 적도광의 퇴로가 막힌다는 것이다.

'내가 뚫리면 두 사람도 위험해져!'

이를 악문 그는 혼신을 다해 둘의 공격을 막았다. 그러나 한쪽 팔을 쓰지 못하는 것은 그에게 치명적이었다.

두세 번 도검이 오가는 사이, 추강의 어깨와 옆구리에 새로운 상처가 더해졌다.

도담이 그 모습을 보고 추강 쪽으로 이동했다.

"내가 도와주겠소!"

추강이 검을 휘두르며 소리쳤다.

"그냥 가십시오, 소종주!"

"추 대주!"

추강은 도담이 외치는 소리를 들으며 상대의 공세 속으로 뛰어들었다.

어차피 두 사람을 모두 상대해서 이긴다는 것이 불가능에 가까운 상황. 그는 오직 한 사람만 노리고 검을 뻗었다.

그때 싸늘한 검기가 추강의 옆구리를 향해 날아들었다.

추강의 공격을 받던 자는 입가에 조소를 지으며 한 걸음 물러섰다.

하지만 추강은 멈추지 않고 그의 가슴을 향해 검을 뻗었다.

혼신을 다한 그의 일검은 가히 번갯불처럼 빨랐다.

쉬이익!

생각지 못한 듯, 조소를 지으며 물러서던 자는 몸을 비틀며 칼을 휘둘렀다.

하지만 추강은 마지막 기회를 놓치지 않았다.

퍽! 푹!

추강의 검은 상대의 가슴을 꿰뚫고, 상대의 칼은 추강의 가슴을 길게 갈랐다.

그와 동시, 측면에서 날아든 검이 추강의 옆구리에 깊숙이 박히며 갈비뼈를 뚫고, 폐부를 관통했다.

추강은 상대의 검이 옆구리에 박힌 것을 다행으로 생각했다. 목이라도 쳤다면 더 이상 움직일 수 없었을 것이 아닌가.

그는 적의 심장에 박힌 검을 빼내 옆으로 휘둘렀다.

전혀 예상치 못한 공격!

"헉!"

측면에서 공격한 자는 대경해서 뒤로 몸을 뺐다.

추강의 검이 그자의 어깨를 깊숙이 가르며 지나갔다.

비록 심장을 베지는 못했지만, 추강은 그것만으로도 만족했다.

"어서……, 가시오, 소종주……."

"추 대주!"

도담은 악을 쓰듯 외치고는 어깨가 갈라진 채 뒤로 물러서는 자의 목을 쳐버렸다.

추강은 그 모습을 보며 억지로 웃음을 지었다. 그리고 천천히 앞으로 무너졌다.

그때 적도광이 도담을 향해 소리쳤다.

"갑시다, 소종주!"

그라 해서 어찌 추강의 죽음이 안타깝지 않을까. 하지만 그의 죽음을 슬퍼할 시간이 없었다.

도담도 그걸 알기에 이를 악물고 몸을 날렸다.

사도무영도 추강이 죽은 걸 알았다. 하지만 당장 중요한 것은 살아남은 사람이지 죽은 사람이 아니었다.

자신도 내상을 입은 상태. 더 이상 이곳에서 싸운다는 건 무모한 일이었다.

"북궁조! 어디 이것도 받아봐라!"

사도무영은 전 공력을 수라도에 주입했다.

십성 공력이 실린 수라도의 도첨이 파랗게 달아오르는가 싶더니, 주먹만 한 파란 구슬이 맺혔다.

북궁조가 흠칫하며 멈칫거린 순간!

수라도의 도첨에 뭉친 파란 구슬이 번쩍! 하며 터졌다.

눈을 부릅뜬 북궁조는 전력을 다해 현천광혼기를 펼쳤다.

콰르릉! 콰광!

그 어느 때보다 굉렬한 폭음과 함께 북궁조의 신형이 뒤로 날아갔다.

 사도무영도 뒤로 튕겨졌다. 튕겨지는 그를 향해 흑검마와 흑겸마가 달려들었다.

 사도무영은 뒤로 날아가면서 수라도를 휘둘렀다.

 따당!

 흑검마의 검이 중동에서 부러지고, 흑겸마의 겸은 손을 벗어나 허공으로 튕겨졌다.

 충격을 이기지 못한 두 사람은 뒤로 나가 떨어져서 바닥을 몇 바퀴나 굴렀다.

 사도무영은 숨이 턱 막혔다. 핏물이 목을 넘어와 비릿한 혈향이 입안 가득했다.

 전력을 다한 공격, 현천광혼기와의 충돌이 그에게도 적잖은 충격을 준 것이다.

 하지만 그는 지체 없이 땅을 박차고 허공으로 솟구쳤다. 그리고 장막심 등이 넘어간 곳과 반대편으로 몸을 날렸다.

 그가 도주하려는 걸 눈치챈 북궁조가 버럭 소리쳤다.

 "놈을 잡아라!"

 구천신교의 무사들 중 이십여 명이 사도무영을 향해 날아올랐다.

 순간 사도무영의 좌수에서 지옥전이 튀어나왔다.

 쉬이익!

 뭣 모르고 앞을 가로막던 무사 셋이 지옥전에 이마가 뚫리고, 지옥전사에 몸이 갈라졌다.

사도무영은 지옥을 향해 달려가는 그들의 몸뚱이를 발로 차고 다시 십여 장을 날았다.

북궁조는 곧바로 사도무영을 쫓았다.

'놈은 심각한 내상을 입었다! 지금 죽이지 않으면 안 돼!'

날아오르는 사도무영의 입가에 핏물이 보였다.

그만큼 내상이 심하다는 뜻. 오늘이 아니면 다시는 기회가 없을지도 몰랐다.

자신과 흑령조 다섯의 합공을 막아내고, 그것도 모자라 오히려 흑령조 셋을 죽인 놈이 아닌가.

'죽여야 돼! 반드시 죽여야 돼!'

사도무영은 단숨에 건물 두 개를 넘어간 후 담장을 날아 넘었다. 목구멍에 차오른 핏물이 당장이라도 쏟아질 것만 같았다.

그러나 머뭇거릴 여유가 없었다.

뒤에서 북궁조가 쫓아오고 있었다.

그에게 발이 묶이면, 구천신교 무사들이 모두 몰려들 터, 빠져나갈 기회가 그만큼 적어질 것이었다.

다행히 용천풍은 고금제일을 다투는 극상승의 신법. 특별한 일만 없다면 그들에게 꼬리를 잡힐 일은 없었다.

사도무영은 풀 위를 날아가는 제비처럼 빠르게 송림을 통과했다.

"사영! 어디로 도망가는 거냐! 두렵지 않다면 나와 겨뤄보자!"

뒤에서 북궁조가 악쓰는 소리가 들렸다.

'두려운 것은 네놈이겠지! 흥! 나중에 만나면 네 소원을 들어 주마, 북궁조!'

1.

 사도무영은 근 이십 리를 달리고 나서야 걸음을 늦추었다.
핏덩이가 목구멍을 치고 올라오는데 더 견딜 수가 없었다.
 "웩!"
 허리를 구부리고 한 움큼 피를 토해내자 속이 시원했다.
 그로 인해서 내공에 약간의 손해는 입겠지만, 그거야 며칠 운기하면 만회될 일이었다.
 입가의 피를 닦은 사도무영은 회천선기로 내상을 다스렸다.
 며칠간의 수련으로 회천선기가 구성의 경지에 근접하지 않았다면 어떻게 되었을까?
 이를 지그시 악문 그의 눈빛이 가늘게 떨렸다.

'아마 지금보다 훨씬 심각한 내상을 입었겠지.'

바로 그때였다.

저 앞에서 누군가가 다가오는 게 느껴졌다.

북궁조는 아니었다. 그는 운양장에서 십 리 정도 떨어진 이후 거리가 더욱 벌어졌으니까. 더구나 다가오는 자는 앞에 있고, 걸음걸이도 급하지 않았다.

한데도 사도무영은 긴장을 늦추지 않았다.

예사롭지 않은 기운.

특히 그 중 하나는 그조차 극도의 경각심을 가져야 할 정도였다.

저들은 누군가?

선자불래(善者不來) 내자불선(來者不善)이라 했던가?

'두고 보면 알겠지.'

회천선기를 운용해 일단 진기를 대충 가라앉힌 사도무영은 전면을 쳐다보았다.

일곱 명이 어둠 속에서 모습을 드러냈다.

중년인이 여섯. 청년 하나가 그들 한가운데 있었다.

그들은 십 장 정도 앞에서 걸음을 멈추었다. 그리고 가운데 있던 청년이 한 걸음 앞으로 나왔다.

균형이 완벽한 몸에 여인이 보면 잠시 눈을 못 뗄 정도로 준수한 얼굴. 나이는 이십대 후반 정도로 보였는데, 뒷짐 진 그에게서 북궁조 못지않은 극강의 기운이 느껴졌다.

'얼굴은 양 형보다 못하고, 몸은 나에 비해 어림도 없군.'

사도무영은 긴장감을 풀기 위해 실없는 생각을 했다. 사실이 그랬지만.

그때 그 청년이 물었다.

"그대가 사영인가?"

자신의 이름을 안다. 역시 선한 자는 아닌 듯하다.

"먼저 이름을 밝히는 게 예의 같은데?"

청년은 사도무영의 반문에 대답 대신 입꼬리를 말아 올렸다.

"운이 좋군."

묘한 뜻이 담긴 말투.

사도무영이 가만히 있자, 청년이 다시 말했다.

"확률이 삼 할밖에 안 되어서 못 만날지도 모른다 생각했는데 말이야. 숙부님보다는 내가 운이 좋았어."

자신이 운양장을 떠날 걸 예측했단 말인가?

신이 아닌 이상 이유는 하나밖에 없다.

오늘 구천신교가 운양장을 공격할 거라는 걸 알고 있었다는 말.

"구천신교의 사람은 아닌 것 같은데?"

사도무영은 자꾸 말을 걸며 기운을 티끌만큼이라도 더 끌어모았다.

"그건 그렇지. 그래도 목적은 비슷하다네."

"훗, 내 목이 그렇게 값어치 있을 줄 미처 몰랐군. 구천신교에 이어 신비의 고수가 내 목을 원하다니."

"하하, 맞아. 자네의 목은 그만한 가치가 있지. 아마 현 강호에서 그만한 가치가 있는 사람은 열 명 정도에 불과할 거야."

"높게 쳐줘서 고맙군. 하지만 나는 내 목을 당신에게 주고 싶지 않아."

"그건 걱정 말게. 내가 알아서 가져갈 테니까."

그 말이 떨어진 순간, 청년에게서 한 걸음 떨어져 있던 중년인들이 반원을 그리며 빠르게 움직여 사도무영을 포위했다.

순간이었다. 그들의 움직임을 살피던 사도무영의 눈이 싸늘하게 가라앉았다.

언젠가 봤던 신법이 그들의 걸음에 녹아 있는 것이다.

'그랬군. 용검회였어!'

사도무영은 무심한 눈빛으로 청년을 직시했다.

"이제 보니 벽수산에서 왔군."

청년이 미소를 지으며 말했다.

"호오, 눈썰미가 제법인데? 나는 동방경이라네. 세상에 나오자마자 그대와 같은 사람을 만나 기분이 무척 좋군."

'너는 기분이 좋을지 몰라도 나는 안 그래!'

사도무영은 무릎을 일체 움직이지 않고 뒤로 주욱 물러났다.

"어딜!"

"어림없다!"

포위하고 있던 중년인들이 검을 뽑아들고 쇄도했다.

사도무영은 빙글 몸을 돌리며 뒤쪽을 막고 있는 자를 향해 수라도를 휘둘렀다.

쩡!

수만 근 바위가 갈라지는 소리와 함께 중년인 하나가 뒤로 튕겨졌다.

정면격돌로 인해 사도무영이 멈칫하자, 다른 다섯이 일제히 사도무영을 덮쳤다.

그들은 벽검산장의 비밀호위무사대인 잠룡대원들이었다.

하나하나가 흑령조에 뒤지지 않는 자들. 그들의 공세는 사도무영조차 경각심을 가지고 신중하게 상대해야 할 정도였다.

한데 그런 자들이 합공이나 하다니! 그것도 구천신교도 아니고, 검에 관한한 자존심이 천하제일인 용검회가!

"구천신교나 용검회나 떼로 덤비는 걸 좋아하긴 마찬가지군!"

사도무영은 동방경을 향해 조소가 담긴 일갈을 하고는, 용천풍을 펼쳐 중년인들의 공세 사이를 빠져나왔다.

자신은 내상을 입은 상태. 정면으로 상대하다 포위망에 갇히면 큰일이었다.

"미꾸라지 같은 놈! 죽어라!"

잠룡대의 중년인 중 하나가 사도무영의 머리 위로 떨어지며 검을 뻗었다.

사도무영은 급격히 방향을 틀고 허공으로 떠올랐다.

그가 허공으로 솟구칠 줄은 몰랐는지 중년인의 눈이 커졌다. 하지만 그는 회심의 미소를 지으며 사도무영의 심장을 향해 검을 밀어 넣었다.

'날아드는 화살 앞에 몸을 내미는 멍청한 놈!' 그렇게 생각하면서.

찰나의 순간, 두 사람의 신형이 한 치 사이로 비껴갔다.

순간 중년인의 얼굴에서 회심의 미소가 사라지고, 두 눈은 튀어나올 것처럼 불거졌다.

"컥!"

사도무영이 회천무벽으로 상대의 검을 흘려보내고는, 수라도로 복부를 반쯤 갈라버린 것이다.

중년인들은 동료가 쓰러지자 노성을 내지르며 달려들었다.

"청검!"

"네놈이 감히!"

사도무영은 내려서기 무섭게 다시 땅을 박찼다. 비록 상대의 검을 흘려보내긴 했지만, 그로 인한 충격이 겨우 안정되었던 내부를 다시 흔든 상태. 일단은 피하는 게 상책이었다.

그때 허공에서 뇌성벽력이 일었다.

우르르릉!

사도무영은 이를 악물고 수라도에 전 공력을 쏟아 부었다.

마침내 그가 움직였다. 동방경이!

허공을 날며 몸을 뒤집은 사도무영은 자신을 향해 날아드는 동방경을 바라보았다.

한 마리 거대한 옥룡이 어둠을 뚫고 날아든다. 지금까지 상대해 본 그 어떤 공격보다 가공할 위력이 담긴 일검!

사도무영은 옥룡을 향해 수라도를 뻗으며 아수라무광일도 단천식을 펼쳤다.

공력소모는 많지만, 당장 일도로 옥룡을 막을 수 있는 건 그것밖에 없었다.

번쩍!

콰아앙!

어둠이 진저리치며 터져 나갔다.

사도무영의 몸도 시위를 떠난 화살처럼 날아갔다.

동방경은 허공에서 멈칫하고는 땅에 내려섰다.

내려선 그의 이마에 굵은 선이 그어졌다. 사도무영의 반격에 적잖은 충격을 입은 것이다.

그의 명이 떨어지기도 전에 중년인들은 이미 사도무영을 향해 신형을 날렸다.

동방경도 끓어오른 기운을 억누르고 땅을 박찼다.

이번 격돌로 약간의 이득을 봤다. 그러나 그는 자만하지 않았다. 북궁조와 구천신교의 무리들이 먼저 사도무영과 싸우지 않았다면, 오늘 자신이 이득을 보지 못했을 것이다.

'살려두면 두고두고 후환이 될 놈이다.'

그러니 반드시 죽여야 했다.

동방경과 잠룡대 다섯의 공격을 받은 사도무영은 용천풍과 귀영신법을 섞어 펼치며 실낱같은 틈 사이를 귀영처럼 누볐다.

따다당! 쩌정!

우수로 수라도를 휘둘러 적의 공세를 막고, 좌수로 풍뢰수와 회륜천강권을 연달아 펼쳐서 상대의 연결고리를 끊었다.

콰르릉!

폭풍처럼 휘몰아치는 공격이 어찌나 거센지, 동방경과 잠룡대원들조차 멈칫하며 뒤로 물러났다.

사도무영은 그 기회를 놓치지 않았다.

그는 시위에서 퉁겨진 화살처럼 날아가며 한 사람만 노렸다.

노림의 대상이 된 자는 검을 쥔 손에 전 공력을 쏟아 넣고 사도무영의 도에 맞섰다.

그의 검첨에서 시퍼런 검강이 형성된 순간, 사도무영은 수라도를 휘두르며 좌수를 비틀었다.

수라도에서 쭉 뻗어 나온 도강이 상대의 검을 후려쳤다.

떵!

공력에서 밀린 검이 옆으로 밀려났을 때다. 지옥마갑에서 지옥전이 튀어나갔다.

검과 함께 옆으로 두어 걸음 밀려나던 중년인은 사도무영이 좌수를 흔들자 섬뜩한 기분에 급히 몸을 비틀었다.

쐐액! 퍽!

지옥전은 그의 어깨를 뚫고 팔을 휘어 감았다.

"크윽!"

가까이 있던 중년인 하나가 동료가 당하는 걸 보고는 사도무영을 향해 달려들었다.

사도무영은 일말의 망설임도 없이 지옥전사를 잡아당겼다.

얼굴이 와락 일그러진 중년인의 몸이 공격하는 자를 향해 날아갔다.

순간 사도무영이 좌수를 흔들며 지옥전사를 빠르게 당겼다.

지옥전사에 중년인의 어깨뼈가 갈라지고, 지옥전이 지옥마갑으로 회수되었다.

"네 이놈!"

"참으로 무서운 놈이로구나!"

좌우에서 잠룡대원들이 달려들고, 뒤에서 동방경이 날아들었다.

사도무영은 찰나 간에 생긴 틈으로 신형을 날렸다.

숨이 턱 막히고, 뱃속에 쇳덩이가 하나 들어찬 기분.

하지만 그는 걸음을 멈추지 않았다. 멈추면 그만큼 위험만 가중될 뿐이었다.

'크윽.'

포위망을 벗어난 사도무영은 신음을 삼키고 전력을 다해 용천풍을 펼쳤다.

우울한 밤, 흐뭇한 밤 155

연속된 격전으로 인해 삼성의 공력이 소모된 상태. 거기다 심각한 내상마저 입었다.
 현 상태로는 동방경의 공세를 감당할 수가 없었다. 더구나 적은 그 하나만이 아닌 상황.
 '제길! 꼴이 말이 아니네.'
 화가 나도 참아야 했다. 지금은 무사히 이곳을 빠져나가는 게 중요했다.
 빚을 갚는 것도 살아있어야 할 수 있지 않은가.

 사도무영은 단숨에 십오 리를 달렸다.
 중년인들과는 거리가 오십여 장으로 벌어졌다. 하지만 동방경과는 여전히 이십 장의 거리를 유지하고 있었다.
 그나마도 용천풍이 워낙 뛰어난 신법이어서 그의 몸 상태로 그 거리를 유지하는 것이었다.
 그런데 야조를 비웃듯이 빠르게 나아가던 그가 어느 순간 갑자기 방향을 틀었다.
 '이런, 빌어먹을!'
 그가 가고자 하는 방향에서 사람들이 빠르게 달려오고 있는 것이 아닌가.
 모두 이십여 명쯤 되었다.
 이곳에서 장막심 등을 제외하면 그의 편은 아무도 없다. 결국 적이라는 말.

그는 방향을 틀고 북쪽으로 달렸다. 아니나 다를까, 달려오던 자들 중 누군가가 소리쳤다.

"저놈이 사영이다! 잡아라!"

"사영! 도망가지 말고 나와 백초를 겨뤄보자!"

동방경의 자신감에 찬 목소리가 밤하늘에 울려 퍼졌다.

'너라면 안 도망가겠냐?'

사도무영은 이를 뿌드득 갈며 동방경을 씹었다. 내놓고 나쁜 짓하는 놈보다 저런 놈이 더 얄미웠다.

'비겁한 놈! 그렇게 자신 있으면 혼자 오지 왜 수하를 데려와!'

분노에 심장이 터질 것 같았다.

그냥 여기서 끝장날 때까지 싸워볼까?

오죽하면 그런 생각마저 들었다.

아마 자신을 죽이려면 놈들도 반 이상의 희생을 각오해야 할 것이다. 젖 먹던 힘까지 다하면 모조리 죽일 수 있을지도 모르고.

하지만 자신도 죽을 확률이 열에 아홉은 된다.

왜 그런 멍청한 짓을 한단 말인가!

'사문의 일이 끝나면 화설 누이와 행복하게 살 거야. 아버지와 어머니도 화해시키고. 할 일이 얼마나 많은데, 내가 왜 저런 놈들하고 함께 죽어!'

이를 악물고 달린 지 얼마나 되었을까.

어둠을 뚫고 빗살처럼 달리던 사도무영이 갑자기 우뚝 멈춰섰다.

어쩐지 앞쪽이 확 트였다 싶더니 거대한 협곡이 나타난 것이다.

푹 꺼진 협곡에서 거세게 불어온 바람에 머리카락이 미친 듯이 휘날렸다.

"이런 젠장!"

협곡의 건너편까지의 거리는 오십여 장.

도끼를 내리쳐 갈라놓은 듯 빙판처럼 매끄러운 절벽, 까마득한 저 아래에서는 용틀임하듯 검은 물결이 흐른다.

뒤에서 들리는 동방경의 목소리.

"왜? 더 갈 데가 없나?"

"으하하하! 하늘도 네놈이 살아있는 걸 원치 않는 모양이구나!"

이미 몇 번이나 들어서 귀에 익은 목소리도 들렸다.

절벽을 내려갈 수 있을까?

평소라면 충분히 가능한 일이었다. 하지만 지금은 평소의 몸 상태가 아니었다.

더구나 절벽은 발 디딜 곳도 없고, 만약 절벽을 내려가다 진기라도 떨어지면, 쫓아오는 놈들에게 더욱 처참하게 당할 뿐이었다.

'아직 많은 자들이 쫓아오지는 못했을 거다.'

그렇게 생각한 사도무영은 몸을 돌리고 협곡의 하류 쪽으로 달렸다.

그럴 줄 알았다는 듯 동방경이 신형을 날려 앞을 막았다.

사도무영은 멈추지 않고 도를 휘둘렀다.

시퍼런 도강이 벼락처럼 어둠을 가르며 동방경에게 밀려갔다.

동방경은 냉소를 지은 채 검을 뻗었다.

옥룡이 그의 검끝에서 솟구치며 사도무영의 도를 감쌌다.

콰르릉!

한 줄기 벼락과 옥룡이 뒤엉켰다.

'크윽!'

사도무영은 신음을 흘리며 뒤로 주르륵 밀려났다.

동방경도 세 걸음 밀려났지만, 그는 안색이 살짝 창백해졌을 뿐 사도무영만큼 큰 충격을 받지는 않은 듯했다.

짐작했던 대로다. 현 상태로는 동방경의 옥룡을 물리칠 수가 없다.

사도무영은 더 이상 동방경을 상대하지 않고 옆으로 주욱 미끄러졌다.

"네놈이 갈 곳은 지옥뿐이다, 사영!"

동방효가 용무단의 두 조장과 함께 그의 앞을 막아섰다.

그는 사도무영이 내상을 입었다고 해서 얕보지 않았다.

실수는 한 번으로 족했다.

"놈은 강하다! 전력을 다해서 공격해!"

두 중년인의 무위는 동방효와 큰 차이가 없었다. 동방효 혼자라면 몰라도, 그들까지 상대하기에는 몸 상태가 너무 좋지 않았다.

사도무영은 몇 번의 공방으로 그 사실을 깨닫고 뒤로 훌쩍 물러났다.

그러자 이번에는 동방경이 공격했다.

사도무영은 풍뢰수를 벼락처럼 세 번 뻗어 공세를 완화시키고, 수라도로 동방경의 직접적인 검공을 막았다.

쾅!

주르륵, 이 장이나 다시 물러선 사도무영의 얼굴이 하얘지는가 싶더니, 끝내 목구멍에 억눌러 놨던 핏덩이가 분수처럼 뿜어졌다.

"웩!"

다가오던 동방경은 흠칫하며 뒤로 두어 걸음 물러섰다.

동방효도 급할 것 없다는 듯 달려들지 않았다.

절대경지에 오른 고수가 상대 앞에서 피를 뿜었다는 것은 그만큼 내상이 심각하다는 뜻. 아마 지금 상황에서는 동방효 한 사람조차 막아내지 못할 것이었다.

더구나 이제는 잠룡대와 용무단의 고수들조차 도착해서 완벽히 포위한 상황이 아닌가.

"결국 네놈도 여기서 끝나는구나. 후후후후."

동방효가 나직이 웃음을 흘렸다.

사도무영은 허리를 세우고 주위를 둘러보았다.

뒤쪽은 까마득한 절벽이고, 삼면은 용검회의 고수들에 둘러싸인 상황이다.

반면 자신의 몸은 전력을 다한 일초도 제대로 펼치기 힘든 상태고.

정말 하늘이 나를 원치 않는 걸까?

사도무영은 하늘을 올려다보았다.

'아냐, 아버지는 하늘의 뜻으로 내가 태어났다고 했어.'

사부님도, 사조님도 비슷한 말을 했다.

"신안과 삼태성을 지닌 자만이 혼돈을 잠재울 수 있다."
"너는 세 번 죽고, 세 번 살아날 운명이다."

그런데 지금까지 한 번만 죽었다가 살아났다. 아직 두 번은 더 겪을 거라는 말.

어쩌면 오늘의 위기가 그중 한 번일지도 몰랐다.

영원히 오지 않았으면 했거늘.

'좋아! 기왕 죽을 위기가 닥친 거라면, 방법은 내가 선택한다! 네놈들에게 맡기지 않아!'

결심을 굳힌 그는 동방경을 노려보았다.

"동방경, 오늘은 웃어라! 다음에는 그럴 기회가 없을 테니까!"

"글쎄, 지금 그런 말할 처지가 아닌 것 같은데?"
동방경의 입가에 조소가 걸렸다.
동방효도 가소롭다는 듯 웃었다.
"훗, 미친……."
하지만 그는 곧 눈을 휘둥그렇게 뜨고 버럭 소리를 질렀다.
"저 미친놈이!"
사도무영이 협곡 쪽으로 힘껏 몸을 날린 것이다.
"와하하하하! 지옥에서 보자, 동방경!"
허공에 뜬 사도무영은 웃음을 터트렸다.
입술에서 피가 튀었다.
분했다.
스스로 죽기 위해 백 장 높이의 절벽에서 뛰어내리다니!
'화설 누이가 알면 기절하겠지?'
아마 아버지도 펄쩍 뛸 것이다.
어머니는…… 글쎄다.
'이놈아, 그러게 왜 집을 나가!' 그렇게 소리칠지도.
칼날 같은 바람이 온몸을 흔들었다.
용천풍을 펼쳐 속도를 줄여보고 싶은데 마음대로 되지 않았다. 그래도 안간힘을 다해 흔들린 진기를 모으고는, 팔다리를 활짝 펼쳐 최대한 속도를 줄여보았다.
그때였다.
저 위에서 누군가가 협곡 안으로 날아드는 게 보였다.

검을 든 동방경이었다.

'빌어먹을 놈! 끈질기군!'

사도무영은 가까스로 펼치던 용천풍의 진기를 흐트러뜨렸다.

속도가 너무 줄어들면 동방경에게 잡힐지 몰랐다.

놈의 검에 심장이 뚫리거나, 목이 잘려서 죽고 싶지는 않았다.

'에라 나도 모르겠다! 어떻게 살겠지!'

그는 오직 하늘만 믿고, 아니 아버지와 사부, 사조의 말만 믿고 협곡 아래로 떨어졌다.

남은 기운으로 회천무벽을 펼친 채!

동방경은 지체 없이 협곡을 향해 몸을 날렸다.

놈의 시신을 확인해야 했다. 그래야 안심이 될 것 같았다.

"조심해라!"

동방효가 달빛을 받으며 날아가는 동방경을 향해 소리쳤다.

절벽을 내려갈 방법이 없는 것은 아니었다. 그러나 동방경처럼 경인(驚人)할 신법을 펼쳐 내려갈 수 없는 이상 내려간다 해도 도움이 되지 않을 것이었다.

'놈이 깊은 내상을 입었다. 경아만 내려가도 충분해.'

동방경은 협곡 아래로 빠르게 떨어지는 사도무영을 보며 눈살을 찌푸렸다.

신법을 펼치면서 떨어지는 게 아니었다.

마치 정신을 잃은 것처럼 아무 자세도 잡지 않고 떨어지고 있었다.

저 상태로 떨어진다면, 설사 물 위에 떨어져도 뼈가 산산이 부서지고 살이 터져나갈 것이 분명했다.

그래도 그는 끝까지 주시했다.

그리고 사도무영의 몸뚱이가 퍽! 소리와 함께 계곡 아래의 와류에 처박히는 걸 보고 나서야 몸을 틀었다.

바람을 타고 신형이 한쪽으로 밀려났다. 절벽이 눈앞으로 다가왔다.

언뜻 절벽에서 약간 튀어나온 바위가 보인 순간, 그는 검을 뽑아 절벽을 찍고는, 속도를 현격하게 줄인 후 바위에 내려섰다.

그가 내려선 바위는 기껏해야 가로세로 두 자에 불과했다. 게다가 바람이 거세서 중심을 잡는 것조차 쉽지 않았다.

그는 절벽에 검을 박고 아래를 내려다보았다.

바닥까지는 이십 장 정도 될 듯했다.

협곡 아래쪽에는 계곡물이 와류를 일으키며 흐르고 있었는데, 아무리 찾아도 사도무영의 모습은 보이지 않았다.

과연 살 수 있을까?

그는 고개를 지었다.

신법을 펼쳐도 위험한데, 무방비 상태로 떨어졌다. 그것도 중상을 입은 몸으로.

살아날 확률은 백에 하나도 되지 않았다.

하지만 그는 그 하나의 가능성도 무시하지 않았다.
'하류로 가서 시신을 찾아봐야겠군.'
그는 일단 바위를 차고 절벽 위로 신형을 날렸다.

"어떻게 되었나, 조카?"
동방경은 자신이 본 그대로 이야기해 주었다.
"……그 상태로는 절대 살아날 수 없을 겁니다."
그래도 모르니 시신을 찾아보자고 할 생각이었다.
한데 동방효가 먼저 말했다.
"세상일은 아무도 모르는 거네. 시신을 보기 전까지는 확신을 가져선 안 되지. 무슨 말인지 알겠나?"
마치 경험이 없는 강호초출에게 강의하는 말투.
동방경은 은근히 기분이 상했다.
자신이 비록 강호 경험은 일천하지만, 그런 걸 모를 정도로 어리석은 사람은 아니었다.
가슴 저 깊은 곳에서 오기가 고개를 내밀었다.
"숙부님은 제 눈을 믿지 못하시나 보군요. 그놈처럼 떨어지면 저도 절대 살아남지 못합니다. 아니 저 뿐만 아니라 세상 누구라도 살지 못할 겁니다."
"험, 조카의 말을 모르는 건 아니네만……."
"걱정 마십시오. 만에 하나 놈이 살아난다고 해도 완전히 병신이 되어있을 겁니다. 그런데 뭐가 겁나십니까?"

듣고 보니 그도 그럴 듯했다.
동방효는 고개를 끄덕이며 동방경의 말을 수긍했다.
"그도 그렇군."
"그만 가시죠. 정천맹 사람들이 이상하게 볼지 모르니까요."

2.

쾅!
머리에서 발끝까지 온몸이 울렸다.
물속에 처박히는 순간 아무 생각도 들지 않았다.
온몸의 뼈와 살이 낱낱이 분해되는 충격!
머릿속이 환해지며 모든 상념이 끊겼다.

사도무영을 삼킨 계곡물은 호호탕탕 급류를 이루며 흐르다 폭포에서 떨어졌다.
몇 번 오르락내리락하던 사도무영의 몸뚱이는 한참이 지나서야 물살에 휘말려 가장자리로 밀려났다.
「정신 차려 이놈아!」
「지옥천종의 힘을 얻은 놈이 그런 놈도 못 이기다니! 왜 지옥의 힘을 쓰지 않은 거냐!」

「시끄러! 지금 그딴 이야기 할 때더냐!」

「네가 더 시끄럽다! 어디서 알량한 무공을 가르쳐서 본좌의 후예가 될 아이를 이 모양으로 만들었단 말이냐!」

「흥! 그럼 네가 그리 자랑하는 지옥의 힘은 무슨 보탬이라도 되었단 말이더냐? 웃기는 소리하지 말고 조용히 해라!」

머릿속에서 무천진인과 지옥천종이 옥신각신 싸워댔다.

하지만 사도무영의 정신은 깨어날 줄을 몰랐다.

그 사이 가장자리로 밀려났던 사도무영의 몸뚱이가 다시 급류 속으로 움직였다.

그때였다. 급류 가장자리에 있는, 쓰러진 채 앙상한 뼈만 남아있던 고목나무의 뾰족한 가지에 사도무영의 장포자락이 걸렸다.

사도무영의 몸이 물결을 따라 반 바퀴 빙 도는가 싶더니, 한 뼘 길이의 뾰족한 가지에 사도무영의 옆머리가 정통으로 찍혔다.

"으으……."

사도무영의 입에서 가느다란 신음이 흘러나왔다.

동시에 사도무영의 오른손이 물속에서 들렸다. 얼마나 세게 움켜쥐었는지, 손에는 그때까지도 수라도가 들려 있었다.

사도무영은 무의식중에 오른손을 휘둘렀다. 자신의 옆머리를 찍은 뭔가를 공격하듯이.

수라도의 칼날이 고목을 사선으로 가르며 박혀들었다.

그 바람에 급류 쪽으로 흘러가던 그의 몸이 고목나무에 찰

싹 붙어 더 이상 밀려가지 않았다.

3.

"헛!"

막 잠자리에 들려던 사도관은 눈을 부릅뜨고 벌떡 몸을 일으켰다.

"왜 그러세요, 상공?"

나민이 깜짝 놀라 물었다.

"뭐 별일은 아니오. 그냥 갑자기 가슴이 답답해서……."

사도관은 대충 얼버무리고 눈을 좁혔다.

'무영이에게 무슨 일이 생긴 건가?'

특별히 아픈 곳도 없는데 머리가 둔중하니 무겁고 가슴이 먹먹하다.

처음 있는 일은 아니었다. 그는 그러한 현상을 몇 번 겪어봤는데, 일반적으로 두 가지 경우가 닥쳤을 때 일어났다.

하나는 불길한 일이 닥쳐올 때다.

십여 년 전, 낙양으로 몰래 나간 그는 만취한 바람에 간덩이가 부어서 기녀와 하룻밤 자고 가려 한 적이 있었다. 한데 어떻게 알았는지, 화가 머리꼭대기까지 난 마누라가 그를 잡으러 왔다. 만약 그때 잡혔으면 정말 맞아 죽었을지 몰랐다.

그 일이 불길한 일인지 어쩐지는 잘 모르지만, 어쨌든 그 느낌 덕분에 미리 빠져나와서 별일은 없었다.

다른 하나는 아들의 신상에 큰일이 벌어졌을 때다.

어릴 때 아들의 눈이 자신과 같다는 걸 알았을 때, 그러니까 장난으로 아들을 돌리다 바닥에 떨어뜨렸을 때도 그랬고, 구천신교의 그 애새끼에게 아들이 다쳤을 때도 그랬다.

당장 불길한 일은 벌어질 만한 게 없었다. 마누라가 장안까지 쫓아왔다면 모를까. 그도 아니면 천마궁이 장안표국을 공격하기 위해 몰려오고 있던가.

그렇다면 아들의 일이라는 말.

'무영이가 또 다쳤나?'

아들이 걱정된 사도관은 침상에서 내려왔다.

다쳤다면 얼마나 다친 걸까? 얼마나 많이 다쳤기에 이런 느낌이 드는 걸까?

그나마 다행이라면, 이전과 크게 다르지 않다는 것이었다.

다치긴 했지만 목숨을 잃을 정도는 아닌 것 같았다.

'괜찮을 거야. 무영이는 하늘이 내린 애잖아?'

사도관은 불안한 마음을 다독였다.

그는 아들을 믿었다. 아들은 자신보다 훨씬 똑똑하고, 자질도 더 좋았다. 게다가 마누라의 사숙인 청진도장은 아들의 명이 길다고 하지 않았던가.

'그래, 너무 지나친 걱정은 하지 말자. 그냥 조금 위험해진

것뿐일 거야. 엄청나게 강하다고 했는데 설마 자기 한 몸 간수 못하겠어?'

하지만 아무래도 오늘 밤 잠을 자기는 다 틀린 듯했다.

어차피 나민도 달마다 찾아오는 '그날'이고.

그는 침상에서 자신을 바라보는 나민을 향해 빙그레 웃어주었다.

"당신 먼저 자구려. 강후하고 아이들이 뒷마당에서 수련을 하나 본데, 한 번 가 봐야겠소."

"너무 무리하지는 마세요."

"알았소."

정말 마음도 곱다. 마누라는 '그날'이 오면 자기를 못 잡아먹어서 안달인데, 나민은 오히려 자신을 걱정해주지 않는가 말이다.

'이런 여자 싫다는 남자 있으면 나와 보라고 그래!'

방을 나온 사도관은 뒷마당의 연무장으로 가보았다.

연무장에선 강후와 상명승과 문인수영이 수련하고 있었다.

여정환은 보이지 않았는데, 그는 비록 속가이긴 하지만 무당에 적을 올리고 있어서 천화문의 제자가 되지 않았다. 세 사람과 함께 수련하지 않는 것도 천화문의 검을 수련하는 걸 보지 않기 위해서고.

세 사람은 사도관이 나타나자 수련을 멈추고 인사를 올렸다.

"나오셨습니다, 문주님."

사도관은 조금 전까지의 답답함을 털어내고 흐뭇한 표정을 지었다.

"수고들 많군. 그래, 소천화의 길은 모두 터득했는가?"

"열심히 하고는 있습니다만, 검로와 변화를 제대로 깨우치고 있는지 모르겠습니다."

"흠, 그래? 어디 한 사람, 한 사람 소천화를 펼쳐보게. 오늘 밤을 새면서라도 연구해보자고."

어차피 잠도 안 오는데 잘 됐지 뭐.

사도관이야 그런 마음이었지만, 세 명의 천화문 제자는 감격하지 않을 수 없었다.

제자들을 가르치기 위해 밤을 새려고 하다니!

열심히 배워서 문주님의 성의에 보답하리라!

그들은 그런 마음을 담아 힘차게 외치며 허리를 숙였다.

"감사합니다, 문주님!"

"열심히 하겠습니다!"

"하, 하, 하. 감사하기는……. 당연히 할 일을 하는 것뿐이라네."

그때 한 사람이 뒷마당으로 뛰어들더니 털썩, 사도관 앞에 무릎을 꿇었다.

사도관은 그를 보고 의아한 표정을 지었다. 다름 아닌 영호성이었던 것이다.

"응? 자넨 웬 일인가? 무슨 일이라도 있나?"

"저도 제자로 받아주십시오, 대협!"

"자네도 본문의 제자가 되겠다고? 자네 아버님이 허락하시겠는가?"

"대협의 제자가 된다고 하면 분명 허락해주실 것입니다. 저를 받아주십시오, 대협!"

사도관은 고심하는 표정을 지으며 턱을 쓰다듬었다.

사실 그는 영호성이 며칠 전부터 지켜보고 있다는 것을 이미 알고 있었다. 눈치를 보니 영호성도 청운표국의 세 사람처럼 천화문의 제자가 되고 싶은 듯했다.

장안표국의 후계자를 제자로 두는 것도 괜찮지 않을까?

그런 생각이 들었다. 하지만 먼저 이야기를 건네지는 않았다.

목마른 사람이 먼저 우물을 파는 법이 아니던가.

사도관은 슬쩍 영호성을 내려다보았다.

그러고는 강후에게 물었다.

"강후, 네가 대사형이니 말해 봐라. 영호성을 본문의 제자로 받아줘도 될까?"

"문주님께서 본문의 주인이십니다. 저희는 문주님의 결정에 무조건 따르겠습니다."

"네 말도 맞긴 한데, 난 제자들이 화목하게 지내는 걸 아주 중요하게 생각하거든. 그러니 영호성이 아무리 뛰어나다고 해도, 너희들이 반대한다면 받아들이지 않을 것이야."

강후와 상명승, 문인수영은 가슴이 찡한 감격에 고개가 절로 숙여졌다.

제자들을 이토록 걱정해주는 사부라니. 정말 마음씨 좋은 문주님이 아닌가 말이다.

"제자는 영호 공자가 본문의 제자가 되는 걸 찬성합니다."

강후가 먼저 의견을 말하자, 문인수영도 찬성했다.

"저도 좋아요, 문주님."

상명승은 자신만의 걱정이 있었지만 순순히 고개를 끄덕였다.

'설마 냉화가 저 친구를 좋아하지는 않겠지?'

"문주님의 뜻대로 하십시오."

"흠, 좋아. 그럼 영호성을 본문의 제자로 받아들이겠다."

영호성이 환하게 웃으며 머리를 땅에 처박았다.

"감사합니다, 대……, 문주님! 제자의 구배를 받으십시오."

사도관은 흐뭇해하며 영호성의 절을 받았다.

'흐흐흐, 이 녀석이 나중에 장안표국의 국주가 되면, 천화문은 돈 걱정을 하지 않아도 될 거야.'

한 마디로, 확실한 돈줄이 생겼다. 최악의 경우 마누라에게 쫓겨나도, 최소한 먹고살 걱정은 하지 않아도 되는 것이다.

아들 걱정 때문에 우울한 밤이 될 줄 알았는데, 의외로 흐뭇한 밤이었다.

"자, 어디 실력 좀 볼까?"

제6장
오독대법
(五毒大法)

1.

새벽어스름이 밀려드는 시각.

세 사람이 강가에서 흘러온 겨울안개와 함께 운양장으로 접근했다. 장막심과 양류한, 도담이었다.

적도광과 수라곡 사람들을 삼십 리 떨어진 촌락에 남겨 놓고 그들만 운양장으로 되돌아온 것이다.

"조용하군."

장막심의 말대로 운양장 일대는 쥐 죽은 듯이 조용했다.

"놈들이 물러간 것 같습니다."

먼저 담장 너머를 살펴본 도담의 말에 장막심은 고개만 끄덕였다.

사도무영은 어떻게 되었을까?

'살았을 거야. 놈들이 아무리 강해도 아우를 어떻게 할 수는 없어!'

그는 이를 지그시 악물고 장원의 담을 넘었다. 세 사람도 새벽안개와 뒤섞여 담을 넘었다.

한데 조금 이상했다. 여기저기 널려 있어야 할 시신이 하나도 보이지 않았다.

설마 구천신교 놈들이 치우지는 않았을 터.

장막심이 나직이 말했다.

"하인들은 손대지 않은 모양이군."

도담이 고개를 끄덕였다.

"그런 것 같습니다. 하인들을 죽여서 이익 될 게 없다는 생각이었을 겁니다."

양류한도 같은 생각이었다. 그들이 아니면 누가 시신을 치웠겠는가.

"정천맹이 알기 전에 빠져나갈 생각이었겠지요."

그렇다면 안쪽에서 들리는 기척은 하인들의 것이라는 말.

장막심이 건물 쪽으로 걸어가며 입을 열었다.

"정 노인, 계십니까?"

안쪽 건물에서 부스럭거리는 소리가 났다. 그리고 곧 어둠 속에서 한 사람이 고개를 내밀었다. 총관 역할을 하는 정 노인이었다.

정 노인이 장막심을 알아보고 뛰쳐나왔다.
"어이구, 장 무사님!"
"다른 사람들은 어떻게 되었습니까?"
"모두 무사합니다. 장주님께서 장원을 빠져나가자마자 놈들도 이곳을 떠났습니다."
장막심은 안도하며 웃음을 지었다.
하인들을 놔두고 자신들만 떠나서 미안했거늘.
"정말 다행이군요."
"놈들의 시신은 일단 정원에 묻고, 저희 무사님들 시신은 안쪽에 안치했습니다."
"잘하셨습니다."
이야기를 나누는 사이 하인들이 밖으로 나왔다. 그들은 불안에 떨면서도 장막심 등이 살아서 돌아왔다는 것에 안도하는 표정을 지었다.
"자자, 일단 들어가지요."

안으로 들어가자 열여섯 구의 시신이 보였다.
세 사람은 시신을 죽 훑어보다 한 곳에서 멈췄다.
추강이 편안한 표정으로 누워 있었다.
장막심과 양류한도 도담과 적도광에게 사연을 들어서 추강이 어떻게 죽었는지 잘 알고 있었다.
만약 추강이 목숨을 걸고 그들을 막지 않았다면, 도담과 적도광은 빠져나가지 못했을지도 몰랐다. 설령 빠져나갔다 해도 작지 않은 부상을 입었든지.

최악의 경우에는 장막심과 양류한이 데리고 나간 수라곡 사람들에게도 상당한 피해가 있었을 것이다.

"추 대주, 나는 은혜라는 걸 잘 모르고 살아왔던 사람이오. 하지만 이제는 은혜가 뭔지 어설프게나마 알고 있소. 그리고 원한이란 것도. 잊지 않겠소, 추 형의 은혜를. 수라곡을 피로 물들인 자들에 대한 원한 역시."

도담은 서리가 내릴 것 같은 눈빛으로 추강을 내려다보면서, 수라곡의 예법대로 가슴에 손을 모으고 허리를 숙였다.

장막심과 양류한도 추강에게 예를 표했다.

"놈들의 목을 따서 추 형에게 보내리다. 저승에서 잘 세어 보시구려."

시신이 안치된 건물을 나온 세 사람은 정 노인의 방으로 가서 마주 앉았다.

"저희는 당분간 이곳을 떠나 있을 겁니다. 그동안 정 노인이 사람들을 이끌고 이곳에 머무십시오."

장막심의 말에 정 노인은 눈물을 글썽거렸다.

한바탕 싸움이 벌어진 곳이었다. 만약 장막심이 장원을 팔 경우, 다음 주인이 받아주지 않으면 한겨울에 길거리로 쫓겨날 판이었다. 그런데 이제는 그런 걱정을 하지 않아도 되는 것이다.

생김새는 비록 산적처럼 생겼어도 마음은 따뜻한 사람이었다.

"그래도 되겠습니까?"

"물론이지요. 생활할 수 있는 돈도 넉넉히 드릴 테니까, 걱정 말고 머무십시오."

생활비까지!

따뜻한 마음만 있는 게 아니라 넉넉한 마음도 겸비하고 있다.

정 노인은 감격하지 않을 수 없었다.

"고맙습니다, 정말 고맙습니다, 장 무사님!"

"대신 동생 방은 항상 깨끗이 해놓으셔야 합니다. 언제 돌아올지 모르니까요."

"그야 물론입지요."

그때 도담이 안으로 들어왔다. 그의 어깨에는 보따리 세 개가 얹어져 있었다. 황금이 든 보따리였다.

"다행히 건들지 않았습니다."

장막심은 그 보따리를 보고 차가운 미소를 지었다.

'개자식들, 설마 이 허름한 장원 지하에 저렇게 많은 황금이 숨겨져 있을 줄은 꿈에도 몰랐을 거다.'

그는 속으로 구천신교를 씹으며, 보따리 속에서 손가락 두 개만 한 금덩이를 꺼냈다.

그리고 콩알만 한 크기로 잘게 쪼개서 스무 개를 정 노인에게 내밀었다.

설마 그 많은 금을 다 줄줄은 몰랐는지 정 노인의 눈이 튀어

나올 것처럼 커졌다.

"누가 보면 욕심낼지 모르니 조심하시고, 하나씩 은자로 바꿔서 쓰십시오."

끝내 정 노인의 눈에서 눈물이 뚝뚝 떨어졌다.

"죽을 때까지 이 은혜를 잊지 않겠습니다."

장막심은 통 크게 인심 쓰고 자리에서 일어났다.

"자, 그만 가지?"

돌아서는 그의 두 눈에서, 정 노인을 보던 훈훈한 눈빛이 온데간데없이 사라지고, 한겨울 북풍한설처럼 차가움만이 남았다.

피의 본능이 깨어난 호랑이!

혈호(血虎)가 잠에서 깨어난 것이다.

2.

고목나무 위로 커다란 발이 얹어진 것은 달빛조차 완전히 사라진 축시 무렵이었다.

사람 손바닥만큼이나 큰 짐승의 발. 그것은 발가락 사이로 창날처럼 예리한 발톱이 솟은 대호의 발이었다.

고목나무에 발을 얹은 대호는 화등잔만한 눈으로 고목나무 옆을 노려보았다.

대호는 본디 썩어가는 짐승은 먹지 않는다. 사람도 잘 먹지 않는다. 하지만 늙고 병들어 배가 고파지면, 백수의 제왕이라는 자존심도 고기 한 점만 못했다.

대호는 코를 벌름거리며 천천히 고목 위로 올라섰다. 그리고 조심스럽게 먹이를 향해 전진했다.

썩은 것 같지는 않군.

먹이 앞에 멈춘 대호는 일단 커다란 발로 먹이의 머리통을 후려쳤다. 혹시라도 갑자기 움직일지 모르니까.

퍽!

먹이는 꿈쩍도 하지 않았다.

대호는 만족한 듯 세 치 길이의 송곳니를 드러내며 나직이 목 울림소리를 냈다.

크르르르······.

그러고는 칼을 잡고 있는 팔목을 덥석 물고 천천히 뒷걸음쳤다.

조금씩, 조금씩, 나무에서 미끄러지지 않게 조심하면서. 자칫 물에 빠져서 급류에 휘말리면 살아서 나온다 해도 개망신이었다.

다행히 하늘은 대호의 배고픔을 외면하지 않았다.

척, 뒷발을 땅에 내려놓은 대호는 먹이의 팔을 놓고 하늘을 한 번 올려다보았다. 고마워서 쳐다본 것은 아니었다. 그냥 목이 아파서 쳐다본 것뿐.

하늘이 정말 자신의 배고픔을 외면하지 않았다면 왜 사흘이

나 굵게 만든단 말인가.

대호는 하늘에 조금도 신경 쓰지 않고 먹이를 넓은 곳으로 끌고 갔다.

잠시 후, 숲 근처의 공터에 도착한 대호는 혀로 먹이의 머리를 핥으며 입맛을 다셨다.

이게 얼마만의 진수성찬인가. 꼭 그런 표정이었다.

잠시 후, 머리를 든 대호는 주위를 한 번 쓱 둘러보고는, 일단 팔부터 콱! 깨물었다. 그리고 앞발로 먹이의 등을 누르고 힘껏 잡아 뜯었다.

응?

아무리 당겨도 먹이의 팔이 끄덕도 하지 않는다.

빌어먹게 질기군.

대호는 뜯어내지 않고 그냥 잘근잘근 씹었다. 이러나저러나 씹어서 삼키기만 하면 될 것이 아닌가.

그러나 마찬가지였다. 먹이의 살은 그의 이빨이 박히는 것을 허용하지 않았다.

뭐 이런 게 다 있어?

화가 난 대호는 이빨을 드러낸 채 으르렁거리면서 이번에는 다리 쪽으로 걸음을 옮겼다.

뭐니 뭐니 해도 살은 역시 허벅지 쪽에 많았다. 그것만 먹어도 그럭저럭 배는 채워질 것이었다.

그런데 세상일은 대호의 뜻대로만 되지는 않았다.

아무리 씹고, 물어서 당기고, 앞발 뒷발 다 써 봐도 살 한 점 뜯어먹을 수가 없었다.

크아앙!

분노가 치민 대호는 먹이의 아무 곳이나 마구 씹었다.

물어서 옆으로 던지기도 하고, 발로 힘껏 때려도 보았다.

하지만 그럴수록 이만 아프고, 발이 시큰거렸다.

한참만에야 발광을 멈춘 대호는 먹이의 주위를 천천히 돌았다.

배도 고픈데 힘만 빠지고. 더럽게 재수 없는 날이었다.

차라리 눈에 보이지나 말지.

크어어엉!

대호는 머리를 들고 하늘을 원망하듯 포효했다. 그러고는 미련을 버리고 숲속으로 들어갔다.

대호는 미련을 남기지 않는 법.

먹지도 못할 저런 것보단 차라리 병 걸린 토끼가 나을 것 같았다.

3.

햇살이 숲을 뚫고 황금빛 화살처럼 쏟아질 때였다.

계곡 위쪽을 지나가던 두 사람은 아래를 내려다보며 놀란 표정을 지었다.

"어? 저거 사람 아냐?"

"이런! 짐승한테 당했나 본데? 옷이 걸레가 됐네."

"그래도 먹이가 되지는 않았나 보군."

"손에 칼이 들린 거 보니까 무사인가 본데?"

"흠, 칼날이 번쩍거리는 게 돈 좀 되겠어."

"가만, 그 옆에서 뭐가 반짝이는……."

두 사람은 그 말을 다 마치지도 못하고 앞 다투어 계곡을 내려갔다.

찢어진 주머니 속에서 뭔가가 햇빛에 반사되어 반짝이는데, 찬란한 금빛이었다.

그들은 금빛이라면 환장하는 사람들. 절대 잘못 봤을 리가 없었다.

"내가 먼저 봤어!"

"웃기는 소리! 사람을 발견한 것은 내가 먼저라고!"

두 사람은 단숨에 계곡을 내려가서, 엎드린 채 널브러져 있는 사도무영에게 달려갔다.

대호가 어찌나 물어뜯었는지, 사도무영의 옷은 그들의 말처럼 걸레가 되어 있었다.

그리고 그의 몸 옆에는 품속에서 빠져나온 주머니가 입을 벌리고 있었는데, 그 안에서 손톱만한 금두 몇 개가 굴러나와 있었다.

번개처럼 날아서 사도무영 옆에 도착한 두 사람은 주머니를 향해 손을 뻗었다.
 "차앗!"
 "어림없다!"
 두 사람은 주머니의 양쪽을 동시에 잡고 잡아당겼다.
 순간 주머니가 찢어지며 십여 개의 금두가 허공으로 솟구쳤다.
 그들은 재빨리 손을 놀려 금두를 낚아챘다.
 사이좋게 반반씩.
 두 사람의 얼굴이 확 펴졌다. 한 사람이 독식하지 않았으니 그것으로 만족한 듯했다.
 "떨어진 것도 나눠 갖지?"
 "좋아, 정확히 반반으로 나누는 거야?"
 "물론이지."
 바닥에 떨어진 금두는 모두 다섯 개였다.
 두 사람은 두 개씩 나누고 하나를 쳐다보았다.
 그때 한 사람이 말했다.
 "그건 자네가 가져. 대신 나는 다른 걸 갖겠네."
 다른 사람이 커다란 코를 벌름거리며 사도무영을 바라보았다.
 손가락에 끼어진 파란 반지가 보였다.
 '저걸 갖고 싶은가 보군.'
 제법 고급스러워 보였지만, 그는 반지보다 황금이 더 좋았다.
 "좋아."

다른 걸 갖겠다는 자가 흡족한 표정을 지으며 사도무영에게 다가갔다.

그가 노린 것은 반지가 아니었다.

사도무영의 찢어진 옷 사이로 뭔가가 빠져나와 있었다. 자신이 잘못 본 것이 아니라면 제법 고급스런 주머니였다.

그는 동료가 보지 못하게 몸으로 가로막고 사도무영의 몸을 슬며시 밀었다.

역시 자신이 봤던 것은 작은 주머니였다.

'저 안에도 금이 들어있을 거야! 흐흐흐흐.'

그런데…… 뭔가가 자꾸 신경에 거슬렸다.

고개를 갸웃거리던 그는 뒤늦게 신경이 거슬린 이유를 알고, 커다란 귀를 사도무영의 등에 대었다.

"왜 그래?"

코가 큰 자가 물었다.

커다란 귀를 사도무영의 등에 댄 자가 말했다.

"무이자야, 이놈, 살아있는 거 같다."

"뭐?"

"심장은 멈췄는데, 맥이 살아있어."

코가 큰 자는 사도무영의 여기저기를 살펴보았다.

사도무영의 옷은 이미 걸레가 되어 있었다. 지닌 것은 칼 정도.

한데 그 칼을 보던 코가 큰 자는 눈을 빠르게 깜박이며 칼에서 눈을 떼지 못했다.

그는 한참만에야 동료에게 물었다.

"무비자야, 저 칼, 어디서 본 것 같지 않냐?"

귀가 당나귀 귀만큼이나 큰 자는 머리를 들고 칼을 바라보았다. 일반적인 도와는 형태가 많이 달랐다.

완만히 휘어진 도신. 폭이 좁은 도신에는 푸른 광채마저 서려 있었다.

그의 눈이 왕방울만 하게 커졌다.

확실히 본 적이 있는 칼이었다.

무비자와 무이자, 그들은 다름 아닌 금포쌍괴였다.

그들은 사도무영이 표행할 때 동행을 했지 않은가. 싸움도 같이 하고.

"그 자식 칼 같은데?"

"그렇지?"

무비자는 사도무영의 몸을 확 뒤집었다. 그러면서 슬쩍 주머니를 옷 속으로 밀어 넣었다.

코가 큰 자, 대신 귀가 없는 무이자가 사도무영의 얼굴을 보고는 놀라서 소리쳤다.

"그 자식이다!"

"정말이네!"

"어떻게 하지?"

무비자는 무이자의 말에 바로 대답을 하지 못했다.

그들은 죽어가는 자의 가슴에 대못을 박을 정도로 악하지 않았다. 하지만 손에 들어온 황금을 다시 돌려줄 정도로 인정이 넘치는 사람들도 아니었다.

문제는 그것이었다. 손에 들린 황금.

사도무영이 깨어나서 다시 돌려달라고 하면 어떡하지?

무비자가 비장한 표정으로 말했다.

"분명히 말하자. 절대 돌려줄 수 없다고. 목숨을 살려준 대가로 우리가 가진다고 말이야."

"좋아. 그렇게 하자. 근데 이놈이 살 수 있을까?"

생각해 보니 그도 그렇다.

무비자는 사도무영을 쓱 훑어보았다.

사도무영의 옷을 찢은 것은 분명 호랑이였다. 근처에 호랑이 발사국이 수백 개도 더 있었으니까.

그런데도 상처 하나 보이지 않았다.

'무두질한 소가죽보다 백 배는 질긴 놈이군.'

게다가 뼈도 부러진 곳이 없고, 맥도 아직 살아 있었다.

천운마저 따르는 놈이었다.

'이런 놈은 쉽게 안 죽지.'

무비자는 나름대로 결론을 내리고 무이자를 바라보았다.

"사숙에게 데려가자. 사숙이라면 살릴 수 있을 거다."

무이자의 두 눈이 한껏 커졌다.

"사숙에게?"

"어차피 가던 길인데 뭐. 사숙이라면 이놈을 살릴 수 있을지 몰라."

"하긴 그것도 그러네. 이놈이 사숙에게 당하는 거 구경하는 것도 재미있을 것 같고."

두 사람은 마주보며 씩 웃었다.

황금도 생기고, 재밋거리도 생기고. 일석이조였다.

무비자가 자청해서 사도무영의 몸을 어깨에 걸쳤다.

"내가 먼저 들고 가겠네."

무이자는 웬일인가 싶었지만, 반대할 이유가 없었다.

"그럼 내가 칼을 들고 가지."

칼이 몸뚱이보다 훨씬 가벼우니까.

4.

바람에 눈발이 강하게 날리던 날, 한 사람이 운양장으로 다가갔다.

풀어헤쳐진 머리카락이 얼굴을 거의 다 가리다시피 한 중년인이었다. 옷을 뒤집어 입은 듯 안쪽에 덧댄 천이 밖으로 나와 있었는데, 그의 등에는 한 자루 고검이 매여 있었다.

"여긴 것 같군."

괴이한 중년인의 입에서 나직한 목소리가 흘러나왔다.

그때 눈이 섞인 강한 바람이 그의 얼굴을 훑고 지나갔다.

순간 머리카락이 뒤로 날리며 중년인의 얼굴이 드러났다. 헬쑥한 얼굴에 거친 수염, 스스로 머리를 자르고 동원장을 나온 제갈신운이었다.

제갈신운은 운양장을 바라보며 눈살을 찌푸렸다.

마차와 함께 남하하던 사도무영이 비영당의 사람들과 만났다는 곳에서 시작해 백 리 인근을 샅샅이 뒤졌다.

그리고 마침내, 오 일째 되던 날 운양장을 찾아냈다.

이곳이 사도무영이 사는 곳인지 아닌지 아직 정확치는 않았다. 하지만 내심 자신의 생각이 옳을 거라 확신했다.

문제는 장원의 현 상태였다.

부서진 것을 덧붙여 놓은 정문. 여기저기 부서진 담장. 더구나 부서진 문 사이로 보이는 장원 안의 모습은 마치 도적떼가 쳐들어오기라도 한 것처럼 엉망이었다.

특히 그의 시선을 끈 것은 부서진 정문과 정원의 광경이었다.

정문에는 절정고수의 손자국이 찍혀 있고, 엉망인 장원 내부의 정원에는 기문진이 펼쳐졌던 흔적이 고스란히 남아 있었다.

'무슨 일이 있었던 거지?'

그는 굳게 닫혀 있는 정문을 두드렸다.

곧 사람이 나왔다. 정원을 관리하는 양 노인이었다.

양 노인은 머리카락을 늘어뜨린 제갈신운을 보고 흠칫했다.
"무슨 일로 찾아오셨습니까요?"
"이곳의 주인이 혹시 사도 성을 쓰시는 이십 대 초반의 젊은 분 아닙니까?"
양 노인은 제갈신운을 훑어보기만 할 뿐 바로 대답하지 않았다.
제갈신운은 양 노인의 마음을 짐작하고 부드러운 목소리로 말했다.
"적이 아니니 걱정하지 마십시오."
그제야 양 노인의 굳어진 표정이 조금 풀어졌다. 적이라면 그렇게 물어볼 리가 없었다.
"무사님의 말씀이 맞긴 합니다만……."
"장주를 뵙고 싶습니다."
"장주님은 지금 안 계십니다요."
짐작했던 일이었다. 장원 안에 무사들이 없는 것만 봐도 사도무영이 부재중이라는 걸 아는 것은 어렵지 않았다.
"그럼 장원을 관리하는 분이라도 뵈었으면 합니다."
양 노인은 머뭇거리며 제갈신운을 살펴보았다. 말투가 정중한 걸 보니 악감정을 가지고 온 사람은 아닌 듯했다.
"따라오시구려."

정 노인이 방에서 제갈신운을 맞이했다.

"장주님은 무슨 일로 찾아오셨소?"

"전에 은혜를 입은 적이 있습니다. 해서 은혜를 갚기 위해 찾아왔습니다."

정 노인은 제갈신운의 표정을 살펴보았다.

옷을 뒤집어 입고, 얼굴을 머리카락으로 가린 게 이상했지만, 말투도 담담했고 느껴지는 기운도 부드러웠다.

그의 오랜 경험상, 나쁜 마음을 먹고 찾아온 사람은 아닌 듯했다.

"조금 늦으셨구려. 장주님께서는 얼마 전 떠나셨소이다."

"밖을 보니 누가 쳐들어온 것 같던데, 그 일 때문에 떠난 것입니까?"

정 노인은 상대의 눈을 속일 수 없다는 걸 알고 순순히 말해 주었다.

"……그 바람에 장원이 이렇게 되었소이다. 며칠 간 정리를 했는데도 이 모양이니……"

제갈신운은 정 노인의 이야기를 들으며 입맛이 썼다.

쳐들어 온 자들이 누군지 굳이 물어볼 것도 없었다. 사도무영을 어렵게 만들 수 있는 자들은 이 근처에서 오직 구천신교뿐이니까.

그래서 문제였다.

그가 알기로, 정천맹에선 아직 구천신교가 운양장을 공격한 것에 대해서 모르고 있는 상황이었다.

구천신교가 이곳까지 와서 대규모 공격을 했는데도 눈치를 채지 못하다니. 대체 정천맹의 정첩당과 비영당은 뭘 하고 있었단 말인가?

답답한 한편으로, 제갈세가가 위험해질까 봐 불안했다.

하지만 그는 곧 입가에 쓴웃음을 지으며 고개를 저었다.

'용서받기 전까지 세상에 없는 사람이 되겠다고 한 놈이 별 걱정을 다하는군.'

자신 역시 그렇고 그런 사람에 불과했던가?

그는 쓸쓸함을 삼키고 정 노인에게 물어보았다.

"그 후 아무도 돌아오지 않은 겁니까?"

"장주님의 측근 분들이 찾아오셨지요. 우리가 무사하다는 걸 알고 얼마나 좋아하던지……."

무심코 말하던 정 노인은 흠칫하며 말을 끌었다.

자신의 말이 그들에게 해가 되는 것은 아닐까? 그런 걱정이 든 표정이었다.

제갈신운은 모른 척하며 다른 걸 물어보았다.

"어디로 간다는 말은 없었습니까?"

"오셨다가 바로 가셨는데, 어디로 간다는 말씀은 없었소이다. 돌아올 때까지 장원을 부탁한다고만 하시고……."

아무래도 가까운 시일 안에는 돌아오지 않을 것 같다.

어떻게 할까?

그때 문득 만소개가 떠올랐다. 그를 찾으면 사도무영이든,

아니면 그의 동료들 소식이든 알 수 있을 것이었다.

'일단 개방의 사람을 만나서 만소개를 먼저 찾아야겠군.'

5.

금포쌍괴의 사숙인 구오자는 무당산 서쪽 죽산 인근의 낡은 도관에서 살고 있었다.

사도무영을 어깨에 걸친 두 사람은 그날 해가 질 무렵이 되어서야 죽산에 도착했다.

두 사람은 그동안 사도무영에게 별다른 조치를 취하지 않았다.

죽으면 어쩔 수 없었다. 본인의 복이 그것밖에 안 되는데 어쩌란 말인가?

다행히 사도무영은 그때까지도 맥이 여전히 살아 있었다.

'진짜 질긴 놈이네.'

두 사람은 그렇게 생각하며 구오자가 사는 계곡으로 들어갔다.

구오자가 사는 도관은 어찌나 낡았는지 금방 무너질 것 같았다.

두 사람은 도관에 도착하자 소리쳐 구오자를 불렀다.

"사숙님!"

문이 부서질 것처럼 열리더니 꾀죄죄한 노인이 고개를 내밀었다.

무이자가 어깨에 걸친 사도무영을 바닥에 내려놓고 다급한 표정으로 말했다.

"이놈 좀 살려주십시오."

구오자는 별일 다 본다는 표정으로 두 사람과 사도무영을 번갈아 보았다.

"네놈들이 웬일이냐? 사람을 살리겠다고 나를 다 찾아오다니."

황금과 양심 사이에서의 갈등 때문이었지만, 그 말은 하지 않았다. 빼앗길지 모르니까.

"일전에 저희와 연이 닿은 적이 있어서 차마 죽는 걸 볼 수가 없었습니다, 사숙."

"구해주십시오."

구오자는 바닥에 내려진 사도무영을 바라보았다. 그는 한눈에 사도무영의 몸 상태를 알고 눈살을 찌푸렸다.

"죽은 놈 아냐?"

"그게……, 꼭 죽은 것 같은데, 맥이 살아있습니다, 사숙."

구오자는 어기적거리며 밖으로 나왔다. 그리고 사도무영의 맥을 살펴보더니 고개를 갸웃거렸다.

무비자가 잘못 본 것이 아니었다. 분명 죽은 놈 같은데, 맥이 살아 있는 것이 아닌가.

'뭐 이런 놈이 다 있지?'

그는 희한하다는 표정을 지으며 머리를 긁었다.
"죽어도 서너 번은 죽었을 놈이 살아있네? 그거 참……."
흥미가 동한 구오자는 슬쩍 고갯짓을 하며 안쪽을 가리켰다.
"그놈 들고 안으로 들어와."

구오자는 두 말썽꾸러기 사질이 데려온 사도무영의 몸을 한참 동안, 아주 자세히 살펴보았다.
몸속에서 실낱같은 기운이 흐르고 있었다.
그런데 그 기운을 통제하려면 도무지 말을 듣지 않았다. 혈맥도 모조리 막혀 있고.
"뭐 이런 몸뚱이가 다 있어?"
"저희도 도통 어떻게 할 수가 없어서 데려왔습니다. 사숙님의 의술은 천하제일을 다투지 않습니까."
무비자가 입에 침도 안 바르고 구오자를 추켜세웠다.
구오자는 귀찮았지만, 사질이 그렇게 말하니 마다할 수도 없었다.
"험, 뭐 천하제일은 아니지만, 그와 비슷할 정도는 되지."
그는 잠시 사도무영의 혈을 몇 번 더 손보더니 안 되겠다는 듯 몸을 일으켰다.
"안 되겠다. 내가 지난 오십 년 동안 연구해온 방법을 써봐야지."
금포쌍괴의 눈이 반짝반짝 빛을 발했다. 마침내 그들이 그렇게 보고 싶어 했던 것을 볼 수 있는 기회가 온 것이다.
"오독대법(五毒大法) 말씀입니까?"
"물론 그거지. 흘흘흘, 오독대법이야말로 천하제일의 치료법이 아니더냐?"
성공만 한다면.
금포쌍괴는 존경이 담긴 표정으로 구오자를 보며 고개를 끄덕였다.
"당연히 천하제일의 치료법이지요. 사숙님의 오독대법에 대해 사천의 당가놈들이 알게 되면 모두 절을 하며 스승으로 모실 겁니다."
"클클클, 그놈들은 비겁하게 암기나 가지고 노는 놈들일 뿐이니라. 독에 관한한 그놈들이 어찌 날 따라올 수 있겠느냐?"
독의(毒醫) 구오자.
그도 한때는 제법 유명했었다. 사람들이 천하에서 독을 가장 잘 다룬다는 네 명 중 하나로 꼽았을 정도였으니까.
하지만 지금은 사람들의 뇌리에서 잊힌 이름이었다.
수십 년 동안 모습을 보이지 않다 보니 죽었다고 알려진 것이다. 멀쩡하게 살아서 독을 연구하고 있는 줄도 모르고.
독(毒)!
그랬다. 사실 금포쌍괴가 그를 자주 찾아오지 않은 것도 바로 그놈의 독 때문이었다. 여차하면 중독될지 모르니까.
그럼에도 그들이 간간이나마 그를 찾아오는 것은, 그가 그들의 목숨을 살려줬기 때문이었다. 목숨을 구한 대신 코와 귀를 잃긴 했지만.

"그럼 사숙께 이놈을 맡기겠습니다."

"걱정 마라. 오독대법이라면 이놈의 막힌 혈도를 뚫고 잠자는 기운을 일깨울 수 있을 것이다."

"당연히 그리 될 것입니다."

"근데 너희들이 좀 도와줘야겠다."

은근히 즐거워하던 두 사람은 급살이라도 맞은 듯 얼굴이 하얘졌다.

어찌나 놀랐는지, 무이자는 코를 벌렁거리고, 무비자는 귀를 잘게 떨며 펄럭거렸다.

"예? 그게 무슨……."

"너희는 내 치료를 받아서 독에 내성이 강하잖아."

"그, 그거야……."

"오독 중 셋은 끓여야 되는데, 탕만 다리면 되니 어려운 일은 아니니라. 조심만 하면 중독될 일도 없고."

결국 사도무영이 오독대법을 치르는 동안, 자신들도 그 지독한 다섯 가지 독을 계속 접해야 한다는 말이 아닌가.

만약 잘못해서 중독되기라도 하면?

그거야 말할 것도 없었다. 사숙이 있으니 죽지는 않겠지만 생고생을 할 것은 분명했다.

잘못하면 또 귀와 코를 잃을지도…….

무이자는 코를 벌렁거리고, 무비자는 귀를 잘게 떨며 펄럭거렸다.
'저 새끼 때문에……!'
'그냥 죽도록 내버려 둘 걸!'
'주머니에 구슬만 들어 있어서 그냥 주려고 했는데, 주지 말까?'
'황금을 안 주려고 하면 진짜 죽여 버려야지.'

6.

구오자는 다음 날부터 오독대법을 시행할 수 있도록 다섯 가지 독을 준비했다.
혈시충의 피에 일곱 가지 독을 섞은 혈시혈(穴屍血).
금독와의 침에 다섯 가지 독을 섞은 금와타(金蛙唾).
흑독봉의 침을 네 가지 독액으로 녹인 흑봉액(黑蜂液).
아홉 가지 독버섯에서 진액만 짜낸 구독균(九毒菌).
열두 가지 독초를 절구에 넣고 빻아서 진액만 짜낸 절명초(絕命草).
그가 만든 다섯 가지 독은 그 하나하나가 천하에서 가장 지독한 극독이었다.
한데도 구오자가 자신하는 것은, 그 다섯 가지 독의 성질이 모두 다르기 때문이었다.
 오행상생(五行相生)의 묘리는 만물을 중화시키는 법.
 구오자는 그 말을 철저히 믿었다.
 물론 연구만 했을 뿐 아직까지 한 번도 시행해 보진 못했지만.
 '내 연구는 완벽해! 성공할 거야!'
 죽으면 별수 없고.

 구오자는 일단 혈시독과 금와타와 흑봉액을 각기 다른 탕기에 넣고 끓였다.
 물론 끓이는 일은 금포쌍괴가 맡았다.
 마음이 약한 두 사람은 차마 생명의 은인인 사숙의 명을 거역할 수 없었다.
 사숙이 만든 독인네 설마 중독된다 해서 숙을까? 사숙이 해독시켜 주겠지. 그런 마음도 있었고.
 두 사람은 세 시진을 끓인 뒤, 먼저 혈시혈독을 자기그릇에 따랐다.
 자기그릇의 색깔이 빨갛게 변하는 만큼 두 사람의 얼굴은 하얗게 변했다.
 서로 미뤘지만, 결국은 생일이 두 달 느린 무비자가 그릇을 들고 도관 안으로 들어갔다.
 한 방울이라도 흘러서 손에 묻으면 큰일이었다. 구오자가 피부에만 묻어도 중독될 정도로 독한 독이라고 한 것이다.

무비자는 조심조심 독이 든 그릇을 구오자에게 넘겼다.

구오자는 무비자가 들고 온 그릇을 아무렇게나 받더니, 무비자에게 깔때기처럼 생긴 대롱을 하나 내밀었다.

"입을 벌리고 그 대롱 끝을 목구멍까지 집어넣어라. 그리고 내가 다 먹일 때까지 대롱을 잡고 있어라."

그러다 독이 대롱 밖으로 흐르면?

무비자의 얼굴이 시커멓게 변했다.

하지만 구오자는 가차 없이 명했다.

"흔들리면 흘릴지 모르니 조심해! 왜 그렇게 떨어? 벌써 갈 때가 다 된 거냐? 이제 육십밖에 안 된 새파란 놈이 말이야……."

무비자는 땀을 닦고 밖으로 나왔다. 마지막 한 방울이 떨어질 때까지 독은 대롱 밖으로 흐르지 않았다. 다행이었다.

한데 문득, 그의 입가에 희미한 웃음이 걸렸다.

구오자가 말했다.

그래도 혈시혈은 괜찮다고. 다음에 먹일 금와타는 한 방울만 묻어도 살이 순식간에 썩어들어 간다고 말이다.

그런데 이번에는 무이자가 들고 들어갈 차례인 것이다.

그가 무이자를 향해 말했다.

"뭐해? 따랐으면 어서 들고 들어가."

오독대법(五毒大法) 203

곧 무이자가 시퍼런 얼굴로 나왔다.

"빨리 들어가 보게. 사숙께서 늦게 들어오면 한 방울 먹인다고 하네."

무이자의 말에 무비자가 흑봉액을 들고 황급히 안으로 들어갔다.

무이자는 무비자가 방으로 완전히 다 들어간 뒤에야 속으로 낄낄거렸다.

'낄낄낄, 흑봉액은 다 끝날 때까지 숨을 쉬면 안 된다는데…….'

무비자는 콧구멍이 뻥 뚫려 있어서 웬만하면 입으로만 숨을 쉬었다. 콧물이라도 튀어나오면 무슨 창피란 말인가.

그래서 그런지 숨 참는 걸 무척 싫어했다.

무이자는 숨을 참고 귀를 펄럭거릴 무비사를 생각하니 웃음이 나오지 않을 수 없었다.

그렇게 오독을 투입하는데 반나절이 걸렸다.

한데 오독을 다 투입하도록 별일이 벌어지지 않았다. 사도무영의 몸에서도 아무런 반응이 없었다.

오히려 사도무영보다는 금포쌍괴의 얼굴이 더 죽을상이었다.

그들은 하루가 무사히 넘어갔다는 것에 안도하며 구오자에게 물었다.

"효과가 있습니까?"

"왜 아직도 반응이 없죠?"

구오자는 별일 아니라는 듯 담담하게 대답했다.

"이제 하루 지났는데 뭐. 아직 사 일간 더 시행해야 되니 그때쯤이면 뭔가 반응이 있겠지."

헉! 앞으로 사 일을 더 해야 한다고?

"그, 그럼 독도 계속 끓여야 하는 겁니까?"

"복용시키는 것도요?"

"당연하지."

금포쌍괴는 망연한 표정으로 구오자를 쳐다보았다.

하지만 구오자는 그들의 마음에 신경 쓸 겨를이 없었다.

'이 자식, 이대로 죽는 거 아냐?'

조금 걱정이 되었다.

오독을 다 복용시켰는데 아무런 반응이 없다니!

사도무영의 죽음이 걱정되는 게 아니었다. 자신이 사십 년간 연구한 오독대법이 실패하는 게 아닌가, 그것이 걱정될 뿐이었다.

그나마 다행이라면, 오행상생의 묘리가 제대로 통했는지 내장이 녹는다든가 하는 일은 벌어지지 않았다는 점이었다.

솔직히 그럴 가능성도 반은 되었는데 말이다.

'껍데기만큼이나 내장도 질긴 놈이군.'

구오자는 그렇게 단정하고 계속 오독대법을 시행하기로 했다.

천하에 이놈처럼 질긴 놈이 몇이나 있을까? 실험체치고는

오독대법(五毒大法) 205

괜찮은 놈이었다.

'독을 조금 더 강하게 써볼까?'

사질들에게는 그 말을 하지 않았다. 도망갈지 모르니까.

이틀째.

두 번째 대법 시행이 끝나자 사도무영의 몸이 조금씩 검어지기 시작했다.

예상과 다른 상황.

구오자는 초조하게 지켜보면서 금포쌍괴만 닦달했다.

약을 너무 묽게 다린 것 아니냐, 열을 너무 강하게 한 것 아니냐, 혹시 거기에 다른 걸 넣은 것 아니냐, 하면서.

금포쌍괴는 절대 아니라고 했다.

결국 구오자는 사흘째부터 약을 조금만 더 강하게 써보기로 했다.

죽으면 어쩔 수 없지.

몸을 녹여서 독이나 뽑아내야지. 그렇게 생각하며.

사흘째.

사도무영의 몸이 금방 녹을 것처럼 검어졌다.

반대로 금포쌍괴의 얼굴은 석회처럼 하얗게 변했다. 거기다 조금씩 누런 부분도 보였고.

독을 더 강하게 쓰는 바람에 독기에 노출된 것이다.

구오자는 금포쌍괴가 서툴러서 그리 된 거라며 거꾸로 윽박질렀다.
죄 없는 금포쌍괴만 죽을 지경이었다.

사도무영의 몸이 독에 반응하기 시작한 것은 나흘째 되던 날부터였다.
독기에 몸이 녹아버리는 게 아닌가 할 정도로 점점 검어지던 피부가 서서히 제 색을 찾아가기 시작했다.
또한 거의 느껴지지 않던 맥이 미약하나마 확실하게 손에 잡혔다. 심장도 조금씩 움직이고.
본래 회천선기와 현천수호령이 독기로부터 몸을 보호하고 있었는데, 독기의 힘이 한계치를 넘어가자 두 기운이 적극적으로 대처하기 시작한 것이다.
맥이 느껴지자, 구오자는 그게 순전히 자신의 오독대법 덕분이라 생각하고 환한 표정을 지으며 기뻐했다.
"허허허, 그럼 그렇지! 내가 잘못 했을 리가 있나?"
그리고 독을 더욱 더 강하게 쓰기로 결심했다.
'정말 마음에 드는 몸뚱이야!'
아주 즐거운 기분으로.

7.

그렇게 닷새째 되던 날.

구오자는 독력이 더욱 강력해진 오독을 다섯 번째로 사도무영에게 복용시켰다.

마지막 절명초의 진액이 목구멍으로 들어간 지 한 시진이나 지났을까, 더욱더 강해진 독기와 회천선기와 현천수호령이 팽팽하게 맞섰다.

사도무영의 몸뚱이가 저절로 펄떡거렸다. 지렁이 같은 핏줄이 툭툭 튀어 오르며 그물처럼 퍼졌다.

검어졌다, 파래졌다, 빨개졌다, 피부색깔이 시시각각으로 변하고, 극렬한 고통은 한시도 쉬지 않고 사도무영을 괴롭혔다.

한데 바로 그러한 고통이, 무저의 암흑에 빠져있던 사도무영의 정신을 깨웠다. 비록 의념의 세계에 한정되었지만.

어떻게 된 거지?

몸 상태는……?

그 생각을 하는 순간, 머릿속이 하얗게 타들어갔다.

육신의 고통이 직접 느껴지진 않았지만, 본능적인 어떤 느낌에 절로 진저리가 쳐졌다.

새까맣게 달라붙은 수억 마리 개미들이 살점과 뼈를 갉아대는 기분.

뱃속에 시뻘겋게 타오르는 숯덩이가 쑤셔 박힌 것 같다.

혹시 자신의 몸이 지옥의 불덩이 속에 던져져 있는 게 아닐까?

내가 그렇게 잘못을 많이 했나?

한데 그때였다. 누군가의 말소리가 저편에서 메아리처럼 들렸다.

「무영아아아!」

「우하하하, 그럼 그렇지! 본좌의 후예가 그렇게 쉽게 죽을 리 없지!」

누굴까? 하나는 조사님 같은데, 오만함이 가득하고, 독선이 절절이 느껴지는 기분 나쁜 목소리의 주인은 누군데 저리 좋아할까?

문득, 자신의 의념 속에 또 하나의 존재가 있다는 기억이 어렴풋이 떠올랐다.

'맞아, 청성 옛 사문에 존재하던 금서에서 어떤 기운이 스며들었었지.'

운양장에서 느꼈던 존재도 바로 그때의 기운과 함께 들어온 존재인 듯했다.

어쨌든 그는 조사도, 그 의문의 존재도 다 마음에 들지 않았다.

죽기 직전이 되어야 나타나는 존재들이 아닌가.

조금 일찍 나타나서 자신을 구해주면 안 돼? 그래도 자신이 죽는 건 싫은가 보지?

괜히 심통이 났다.

「내 목소리가 들리느냐?」

무천진인이 물었다.

사도무영은 아무런 대답도 하지 않았다.

「후예여, 본좌의 부름에 대답하라!」

의문의 존재, 지옥천종이 웅혼한 목소리로 소리쳤다.

사도무영이 대답했다.

「시끄러우니까 조용히 좀 하시죠.」

지옥천종은 입을 다물었다.

무천진인도 더 묻지 않았다. 할 말은 많지만, 입을 열면 지옥천종처럼 무시당할지도 몰랐다.

사도무영은 이전처럼 두정을 열고 밖으로 나가 자신의 몸을 살펴보고 싶었다. 그러나 아무리 정신을 집중해도 두정이 열리지 않았다.

제길! 대체 얼마나 안 좋은 걸까?

설마 팔다리가 떨어져나갔다든가, 아니면 무공을 완전히 잃을 정도로 만신창이가 된 건 아니겠지?

사도무영은 저편 어둠에 있는 무천진인과 지옥천종을 노려보았다. 모습이 보이진 않았지만, 그들이 있는 곳이 느껴질 정도는 되었다.

「조사님.」

무천진인이 반색하며 대답했다.

「그래, 나 여기 있다!」

「정말 조사님이 가르쳐 주신 게 본문의 최고 무공입니까?」

그렇다면 실망이 아닐 수 없었다. 그중 어느 것도 동방경이 펼친 옥룡검강보다 뛰어난 것이 없었다. 비슷하긴 해도.

「그게…….」

「있죠?」

「회천공령장이라는 게 있긴 한데, 나도 완성을 못한 거라서…….」

「일단 가르쳐 주시죠. 완성은 제가 알아서 할 테니까요.」

그때 지옥천종이 나섰다.

「음하하하, 굳이 그럴 거 없다! 본좌가 너에게 심어놓은 지옥의 대능력 두 가지만 완성하면, 천하의 누구도…….」

사도무영의 눈이 지옥천종이 있는 곳으로 돌아갔다.

「조용히 하시라니까요!」

「글쎄, 본좌의 지옥대능력이면…….」

「지금 사조님하고 이야기 나누는 거 안 들리세요? 조용히 있다가 제가 물어보면 대답하세요.」

「……알았다.」

사도무영의 눈이 다시 무천진인이 있는 곳을 향했다.

「어떻게 하실 거예요? 안 가르쳐 주면, 별수 없이 저분이 말한 걸 익힐 겁니다.」

「음하하하, 잘 생각…….」

스윽, 사도무영이 고개를 돌리자, 지옥천종이 재빨리 입을 다물었다.

누가 뭐래도 이곳, 의념 세계의 주인은 사도무영이었다.

사도무영도 그 점에 대해선 어느 정도 알고 있었다. 다만 조사님께 무례할 수 없어 참고 있었을 뿐.

그러나 지금은 이런저런 걸 따질 때가 아니었다. 더구나 지옥천종은 초대하지도 않은 손님이 아닌가 말이다.

사도무영은 기세로 지옥천종을 누르고 무천진인의 대답을 독촉했다.

「제가 죽으면 다 끝입니다. 그런데 뭘 망설이십니까?」
「후우, 조, 좋다. 내 가르쳐 주마.」

진작 그러실 것이지.

사도무영은 그제야 표정을 풀고 지옥천종이 있는 곳을 바라보았다.

「이제 귀하가 말해보십시오. 그 지옥의 대능력을 얻으려면 어떻게 해야 하는 겁니까?」

다다익선(多多益善)이라 하지 않던가. 사도무영은 두 사람이 지닌 것을 모두 얻을 생각이었다.

지옥천종은 사도무영을 도둑놈 보듯 바라보았다.

하지만 한편으로는, 자신의 후예라면 그 정도 욕심은 있어야한다고 생각했다.

「과연 본좌의 후예로서 부족함이 없도다! 하하하······.」

사도무영은 그의 칭찬이 조금도 즐겁지 않았다.

「쓸데없는 소리 마시고! 영겁화인가, 멸신뢰인가, 그거나 말씀해 보세요.」

감히 자신을 무시하다니! 그것도 몇 번씩이나!

아마 지옥천종에게 이가 있었다면 부러지는 소리가 났을지도 몰랐다.

「이, 이……! 보자보자 하니까, 네놈의 건방이 하늘을 찌르는구나! 본좌가 귀엽게 봐주려 했더니…….」

우르릉!

의념의 세계가 무너질 것처럼 흔들렸다.

예상했던 것보다 거대한 능력을 지니고 있는 지옥천종이었다.

「싫으면 나가시던가!」

사도무영은 흔들리는 심혼을 가까스로 부여잡고 악을 쓰듯이 외쳤다. 여기서 눌리면 끝까지 말썽일 것이었다.

「…….」

나가라고? 그럴 순 없지.

지옥천종은 천년의 자존심에 금가는 소리가 들리는 듯했다.

하지만 어쩌랴, 이곳은 자신의 세계가 아닌데. 자신이 할 수 있는 것은 일시적인 위협뿐이거늘.

빌어먹을 놈! 어린놈이 왜 이리 강골이란 말인가.

그는 씩씩거리며 사도무영의 요구에 응했다.

「좋……다. 알려주지.」

남의 집에 얹혀사는 입장에선 별수 없었다.
더구나 두정을 열어본 놈이 아닌가.
만약 자신을 내쫓을 방법이라도 깨닫게 된다면…….
그는 연옥을 떠도는 구슬픈 혼이 되고 싶지 않았다.
젠장! 세상에 대한 복수고 뭐고 그때 바로 올라갔어야 하는데!

1.

오독대법이 끝난 지 열흘이 지났다.

금포쌍괴의 모습은 사도무영을 들고 나타났을 때와 많이 달라져 있었다.

닷새 동안 오독을 복용한 사람은 사도무영이었다. 그들은 그저 끓이면서 냄새만 맡았을 뿐.

그런데도 독기가 어찌나 강했는지, 시간이 지나면서 머리카락이 빠지기 시작하더니, 열흘이 지난 지금은 거의 다 빠진 상태였다.

또한 금빛으로 빛나던 금포도 여기저기 삭아서 걸레처럼 변해 버렸고, 피부는 누렇게 떠서 중병이라도 걸린 사람처럼 보였다.

 그 바람에 이제는 구오자가 떠나라고 해도 떠나지 않았다.

 그 꼴로 강호에 나갈 수는 없었다.

 코도 없고, 귀도 없는데, 거기다 거지처럼 보이면 남들이 뭐라 하겠는가!

 다행이라면 머리카락이 빠진 곳에서 새로운 머리카락이 빠르게 자라고 있다는 것이었다. 그렇다면 피부도 본래대로 돌아올지 몰랐다. 금포야 황금이 많으니 나가서 사면 되고.

 두 사람은 늙은 사숙을 혼자 두고 떠날 수 없다며 머리카락이 다 자랄 때까지 버티기로 했다.

 구오자도 마다하지 않았다.

 사도무영의 몸에서 땀으로 배출되는 독기를 매일 두 번씩 씻겨줘야 하는데, 두 사람이 있으면 자신은 입만 놀리면 되었다.

 정작 그가 걱정하는 것은 사도무영의 상태였다.

 열흘이 지났는데도 깨어날 기미가 보이지 않았다. 기운의 흐름도 더 이상 나아지지 않고, 심장의 움직임도 그대로였다.

 오히려 가끔 가다 급격히 흐르고, 미친 듯이 뛰어서 그를 당혹하게 만들었다.

 이러다 죽는 거 아냐? 하루에도 서너 번씩 그런 생각이 들었다.

 '제길, 이놈 하나에게 퍼부은 독이 얼만데?'

사도무영이 죽고 사는 거야 나중 문제였다.

오독 하나하나의 값어치만 해도 엄청났다. 아마 실험정신이 없었다면 시도하지도 않았을 것이다. 성공한 적이 한 번만 있었어도 다른 방법을 찾아봤을 것이다.

왜 받는 것도 없이 오독대법을 펼친단 말인가? 그냥 팔아도 은자 만 냥은 받을 텐데!

그런데도 오독대법을 서슴없이 펼친 것은, 성공만 하면 천하제일독에 한 걸음 더 다가갈 수 있기 때문이었다.

'그러고 보면 나도 통이 크단 말이야. 은자 만 냥을 기분 좋게 던지다니.'

구오자는 자화자찬하며 사도무영을 바라보았다.

갑자기 속이 쓰렸다.

'제길, 뭐가 잘못 돼서 꿈쩍을 않는 거야?'

2.

회천선기와 현천수호령, 중화된 독기가 하나로 뒤엉킨 채 보름 이상이 지나자 기이한 일이 벌어지기 시작했다.

뒤엉킨 채 서로를 향해 으르렁거리며 견제하던 세 기운이 조금씩, 조금씩 융화되기 시작한 것이다. 이대로 가면 모두가 소멸된다는 걸 인지하기라도 한 것처럼.

그렇게 융화된 기운은 사도무영의 굳어버린 혈도를 하나하나 녹이고 길을 뚫기 시작했다.

속도는 느렸지만 멈춤이 없이 계속 전진했다.

사도무영의 몸이 반응을 보인 것은, 세 기운이 융화하기 시작한 지 하루가 지날 무렵이었다.

구오자가 사도무영의 몸을 살피다가 지쳐서 꾸벅꾸벅 졸고 있는데, 손가락이 파르르 떨리며 움직였다.

아쉽게도 구오자는 그 모습을 보지 못했다.

그리고 한 시진.

"아함, 그만 가서 자야겠군."

졸음을 참지 못한 구오자는 눈을 비비고 자리에서 일어났다.

한데 바로 그때였다.

반쯤 몸을 일으키던 구오자가 멈칫했다. 그리고 아래를 내려다보더니, 몸을 부르르 떨며 얼굴이 하얗게 변했다.

"이, 이, 개시키가……."

사도무영이 그의 바지를 붙잡고 있었다.

한데 그 바람에, 헐겁게 묶인 허리끈이 풀어져서 그만 바지가 아래로 내려간 것이다.

몸을 떨 때마다 쪼그라진 거시기가 덜렁거린다.

구오자는 후다닥 바지를 추켜올리고 사도무영을 노려보았다.

지난 한 달 동안 떠지지 않은 눈은 지금도 꽉 감겨 있었다. 그나마 다행이었다.

"휴우우! 나쁜 새끼, 내가 저를 살려줬는데 어디서……. 응?"

구오자는 사도무영을 향해 욕을 퍼붓다 말고 눈을 크게 떴다.

저 자식이 바지를 어떻게 잡았지?

철퍼덕 주저앉은 그는 사도무영의 맥을 짚어 보았다.

아직 정상으로 돌아온 정도는 아니지만, 그 어느 때보다 맥이 힘차게 뛰고 있었다.

눈을 휘둥그렇게 뜬 그가 밖에 대고 소리쳤다.

"이놈들아! 빨리 들어와 봐라! 이놈이…… 이놈이……."

무이자와 무비자가 득달같이 달려왔다.

"사숙! 끝내 죽었습니까?"

"끌어내서 묻을까요?"

그들은 속마음을 겉으로 드러내며 질문을 퍼부었다.

이제 머리카락도 어느 정도 길어서 남들이 봐도 손가락질할 것 같지 않았다. 빨리 이곳을 떠나고 싶었다.

물론 죽었다는 결과가 나오면 더 좋고. 그럼 마음의 부담 없이 홀가분하게 황금을 차지할 수 있을 테니까.

구오자는 그들의 질문에 간단하게 대답했다.

"이놈이 움직였다."

"그, 그래요?"

"그럼 살아난 거군요."

금포쌍괴는 시큰둥한 반응을 보이며 사도무영을 바라보았다.

'확실히 끈질긴 놈이야. 진작 묻어버릴 걸.'
'설마 돌려달라고는 않겠지?'

사도무영이 눈을 뜬 것은 다음 날 아침이었다.
그는 누렇게 색이 바랜 천장을 바라보며 풀썩 웃었다.
'살았군, 정말로 살았어.'
이제 한 번 남은 건가?
그때 방문이 열리며 무이자가 들어왔다.
"하, 그 자식. 움직였다면서 왜 안 깨어나지?"
사도무영은 실눈을 뜨고, 눈알을 굴려 들어온 사람을 살펴보았다.
짧은 머리카락. 옷은 낡고, 여기저기 구멍이 나고, 색마저 바래서 거지들이나 입을 법한 누더기를 걸치고 있었다.
한데 그가 고개를 돌린 순간, 사도무영은 자신도 모르게 눈을 크게 떴다.
'저 사람은……!'
코가 없는 노인, 무비자였다.
무비자도 사도무영만큼이나 깜짝 놀랐다. 정신을 잃고 있는 줄 알았던 사도무영이 눈을 뜨고 자신을 바라보고 있지 않은가!
"헛! 정신이 들었나?"
"어떻게…… 된 겁니까?"

희미한 목소리. 그래도 못 알아들을 정도는 아니었다.

"어떻게 되긴? 나와 무이자가 호랑이 먹이가 될 뻔한 자넬 구했지!"

반만 진실이었다. 하지만 사도무영은 의문을 품지 않았다. 호랑이 먹이가 되든, 늑대 먹이가 되든, 중요한 것은 금포쌍괴가 자신을 구했다는 점이었다.

"고맙……습니다."

"고맙기는. 이거나 마시게."

무비자는 약사발을 내밀었다.

하지만 사도무영은 아직 손을 움직일 수가 없었다.

무비자는 한참이 지나도 내민 약사발을 사도무영이 받지 않자, 입맛을 다시며 대롱을 사도무영의 입에 꽂았다.

'지금 말할까?'

무비자는 일단 약을 한 방울도 남기지 않고 다 먹였다.

그러고는 사도무영을 빤히 쳐다보며, 초조한 표정으로 물었다.

"저기, 자네 주위에 금조각이 돌멩이처럼 떨어져 있어서 주웠네. 자네도, 바닥에 떨어진 것은 줍는 사람이 임자라는 걸 모르진 않겠지?"

목숨을 구해줬는데 그까짓 황금이 문젠가?

"돌려주시지 않아도 됩니다. 노선배님께서 가지십시오."

무비자의 얼굴이 활짝 펴졌다.

내가 깨어났다! 223

"고맙네! 그리고 이것은 돌려주겠네. 구슬이 들어 있더군."

무비자는 주머니를 품에서 꺼내 사도무영의 찢어진 옷자락 사이로 밀어 넣었다.

사도무영은 어이가 없었지만 표정을 드러내지 않았다.

자신이 가지고 있던 금보다 수십 배의 가치가 있는 구슬이었다. 기뻐하면 구슬까지 가져갈지 몰랐다.

한데 사도무영이 가만히 있자, 무비자가 씩 웃으며 인심 쓰듯이 말했다.

"아, 혹시 쓸 돈이 없어서 걱정되는 거라면 안심해도 되네. 무이자에게 말해서 반을 돌려주라고 할 테니까."

그때 문이 벌컥 열리고, 무이자가 안으로 들어오며 소리쳤다.

"난 못 줘! 그러니까 주고 싶으면 네 것이나 줘!"

그리고 곧 구오자가 뒤따라 들어왔다.

"무슨 일이야? 뭔데 주네마네 하는 거냐?"

금포쌍괴는 입을 꾹 다물고 모른 척했다. 그러다 구오자가 두 사람을 번갈아보자, 무비자가 재빨리 사도무영을 손가락으로 가리켰다.

"눈을 떴습니다, 사숙."

다른 말이 필요 없었다.

고개를 홱 돌린 구오자는 사도무영의 눈을 뚫어지게 쳐다보았다.

"허, 허허, 허허허. 드디어 정신을 차렸구나."

사도무영은 직감적으로, 눈앞에 있는 이상하게 생긴 노인이 자신을 구해 줬다는 걸 깨달았다.

"고맙습니다, 어르신."

"고맙기는……."

'나도 고맙다, 살아줘서. 죽었으면 확 똥물에 튀겨버리려고 했는데.'

"아직 움직일 수가 없어서 인사를 못하는 점 이해해주시기 바랍니다."

"걱정 말고 일단 몸부터 추슬러라. 사실 너를 구하느라 귀한 독재를 많이 쓰긴 했지만, 아무리 귀해도 어디 사람 목숨만 하겠느냐?"

'무려 은자 수천 냥은 나가는 것인데…….'

"나중에 반드시 오늘의 은혜를 갚겠습니다."

'당연하지! 안 갚으면 사람새끼가 아니지.'

"은혜는 뭐……. 너무 신경 쓰지 마라. 사실 너를 살리기 위해서 많은 투자를 하긴 했다만……."

구오자는 자신이 어떻게 사도무영을 살렸는지 입에 침이 마를 새도 없이 떠벌렸다. 오독대법에 대한 것도.

"그렇다고 해서 너무 부담 갖지는 마라. 그까짓 게 얼마나 된다고……."

사도무영은 멍한 표정으로 구오자를 바라보았다.

'다섯 가지 극독을 사용했다고? 그것도 천하에서 가장 지독한 독을?'

갑자기 몸이 떨렸다.

무조건 성공할 거라는 생각으로 독을 쓴 것이 아닌 듯했다. 오독대법을 처음으로 펼쳐 봤다지를 않는가 말이다.

'죽어도 상관없다는 생각을 가지고 실험한 것 같군.'

사부님보다 더 지독한 사람이었다. 사부님은 살릴 수 있다는 확신이나 있었지.

"허허허허, 그런데 네 몸이 참 특이하더구나. 혹시라도 나중에 나를 도와줄 수 없겠느냐? 실험해 볼 독이 몇 개 있는데."

사도무영은 구오자의 은근한 제안을 들으며 슬며시 눈을 감았다. 더 듣고 있으면 자신에게 당장 실험하고자 하는 독을 복용시킬지 몰랐다.

좌우간 중요한 것은 어떤 방법을 썼냐 하는 것이 아니었다.

자신이 깨어났다는 것! 중요한 것은 그것이었다.

'내가 깨어났다, 동방경!'

3.

사도무영은 누운 채로 무천진인이 가르쳐 준 미완의 무공,

회천공령장의 미흡한 부분을 채우는데 전념했다.

회천공령장은 무천진인의 모든 것이 집대성된 무공이었다. 아니 그것은 무공이라기보다 마음으로 펼치는 절대의 능력이었다.

완성한다면 동방경이 펼친 옥룡을 흰지렁이처럼 만들 수 있을 것 같았다.

문제는 내공이었는데, 그것도 잘하면 해결이 될 것 같았다.

회천선기와 현천수호령과 중화된 독기가 혈맥을 다 뚫은 후 다시 갈라지긴 했지만, 당시에 생성된 적잖은 기운이 세맥에 자리 잡고 있었다.

'시간이 걸리긴 하겠지만, 일단 존재하는 이상 내 것으로 만드는 게 불가능한 일은 아니지.'

그렇게 사흘. 마침내 사도무영이 자리를 털고 일어났다.

몸 상태가 제대로 돌아오려면 아직 멀었지만, 금포쌍괴의 거친 손에 몸을 맡기느니 힘들더라도 움직이는 게 나았다.

금포쌍괴는 환호했다. 더 이상 사도무영의 수발을 들지 않아도 된다는 것은 곧 자유의 몸이 되었다는 뜻이었다.

스스로 움직일 수 있게 된 사도무영은 굳어버린 온몸의 근육과 신경을 하나하나 일깨웠다.

심각한 부상을 당한데다가, 한 달 가까이 누워 있는 바람에 몸 상태가 엉망이었다. 호랑이에게 당한 것은 기억도 나지 않앉고.

 본래의 몸을 되찾으려면 적지 않은 시간이 걸릴 듯했다.

 사도무영은 몸을 되찾기 위한 기초수련을 하는 동안 금포쌍괴를 밖으로 내보내 강호의 상황을 알아보기로 했다.

 정신을 잃은 지도 어느덧 이십 일이 지났다. 궁금한 것이 한두 가지가 아니었다.

4.

 보름 후.

 사도무영이 오 할 정도 몸을 회복했을 무렵, 금포쌍괴가 몇 가지 소식을 가지고 도관으로 되돌아왔다.

 떠날 때와는 많이 달라진 모습이었다. 나가자마자 첫 번째 한 일이 옷을 사는 것이 아니었을까 싶을 정도로, 두 사람은 눈부신 금포를 입고 돌아온 것이다.

 사도무영의 방에 들어온 두 사람은 환한 표정으로 의자에 앉았다.

 사도무영이 차를 따라주자, 무이자가 차를 한 모금하고는 말문을 열었다.

 "정천맹이 제갈세가로 후퇴했네."

 그렇다면 남장이 구천신교에게 넘어갔다는 말.

이번에는 무비자가 말했다.

"운양장에는 하인들만 있더군. 자네의 일행이었던 사람들은 그 다음 날 새벽에 왔다가 갔다고 하네. 그리고 며칠 있다가, 머리를 풀어헤친 사람이 찾아왔다는데, 이름을 밝히지 않아서 누군지는 모르겠다고 하더군. 뭐 은혜를 갚을 게 있다나, 어쨌다나."

장막심 등은 무사한 것 같다. 다행이었다.

그런데 머리를 풀어헤친 자는 또 누굴까?

사도무영은 그자의 정체가 궁금했지만 깊게 생각하지 않았다. 어차피 인연이 있다면 나중에 알게 될 테니까.

"벽검산장에 대해서 알려진 것은 없습니까?"

"그들도 제갈세가로 갔다고 하던데?"

무이자의 말에 무비자가 바로 이어 말했다.

"구천신교는 제갈세가를 바로 공격하지 않고 형주와 의창 쪽의 정천맹 지부를 무너뜨렸네."

형주가 무너졌다고? 그럼 철표개는 어떻게 되었을까?

답답했다. 하지만 아직 나설 만큼 몸이 회복되지 않은 상태. 답답해도 어쩔 수가 없었다.

"다른 곳에 대한 소문은 없습니까?"

무비자가 두 손을 들고는 고개와 함께 흔들었다.

"에휴, 사방이 난리도 아니네. 사천도 시끄럽고, 섬서도 그렇고, 하남과 호남도 금방 터질 것 같고 말이야. 완전히 강호

내가 깨어났다! 229

전체가 통돼지를 넣고 삶아대는 솥처럼 부글부글 끓고 있네."

구천신교가 마도십삼파 중 몇 곳을 움직였다면 당연히 그럴 것이다.

혼돈강호(混沌江湖)!

세상이 온통 피냄새로 뒤덮이기 직전이다.

'정천맹도 전력을 다하기가 힘들겠군.'

당연히 그럴 수밖에 없을 것이다. 구대문파와 오대세가도 자신들의 본거지를 걱정해야 할 테니까.

현재까지는 구천신교가 앞서가는 형국.

이제 남은 문제는, 구천신교의 노림수를 정천맹이 어떻게 타개하느냐 하는 것이었다.

그때 문득 섬서의 천마궁에 대한 것이 궁금해졌다.

"섬시의 천마궁은 어떻습니까?"

무이자가 고개를 쑥 내밀고 말했다.

"그놈들이 물건이네. 한중은 물론이고, 순식간에 섬서의 서남부를 완전히 장악하고는 장안의 코밑까지 세력을 확장했다더군. 그 바람에 용검회도 모습을 드러내고, 화산과 종남도 힘을 합쳐서 그들과 대치하고 있는 중이라고 하네."

"철혈신마의 정체에 대해선 알려진 게 없습니까?"

"나이가 젊다는 것, 무지 강하다는 것 외에는 아무것도 알려지지 않았네."

세간의 소문대로 구천신교와 천마궁이 손을 잡았을까?

사도무영은 그 의문에 천천히 고개를 저었다.

만약 손을 잡았다면 지금쯤 그들의 움직임에서 어떤 공통점이 나와야 했다.

한데 그들의 공통점이라고 해봐야 기껏 정천맹을 적으로 삼았다는 것 정도밖에 없었다.

그렇다고 해서 그들의 연합을 완전 배제하지도 않았다. 역으로 생각할 때, 정천맹과 적이라는 이유만으로 그들은 얼마든지 연합할 수 있는 가능성이 있는 것이다.

'나가면 철혈신마라는 자를 한 번 만나볼까?'

당장 움직일 수는 없었다.

무엇을 하던 몸부터 완벽한 상태로 만들어야 했다. 또한 회천공령장도 자신의 것으로 만들어야 했다. 두 번 다시 전과 같은 상황에 처하지 않기 위해서라도.

그 모든 것이 계획대로 되면 한 번쯤 만나보는 것도 괜찮을 듯싶었다.

'후우, 봄이 올 때쯤이면 어느 정도 성과가 있겠지.'

지옥천종이 남겼다는 능력에 대해서는 깊게 생각하지 않았다.

그것은 그의 몸속에 스며있어서 따로 익힐 필요도 없고, 능력을 끌어내는 방법만 알면 되었다.

다만 분노가 지옥의 유황불만큼이나 뜨겁게 타올라야 발현되는 능력이어서, 평소 때는 있으나마나 하다는 게 문제일 뿐.

그로 인해서 지옥천종은 사도무영에게 구박만 받았다.

「내 맘대로 할 수 없다면, 금송아지 천 마리가 있어 봐야 무슨 소용입니까?」

지옥천종도 반박했다.

「그래도 위기에 처하다 보면, 그 능력을 끌어낼 수 있는 분노가 치밀어 오를 때도 있을 거다! 그때 되면 네놈도 나에게 고마워할 거다!」

「그 전에 죽으면요!」

「안 죽으면 되지!」

그걸 말이라고 하나?

「어휴, 방법만 알면 그냥 확 쫓아내 버리겠는데……」

지옥천종은 그 밑에 더 이상 아무 말도 하지 않았다.

「……」

한데 이상하게, 평소 지옥천종과 으르렁거리던 무천진인도 그 말만 하면 지옥천종을 거들었다.

「험, 저 사람도 다 너를 위해서 그런 것이 아니겠느냐? 네가 이해해야지.」

뭔가 이상했다.

사도무영이 잠시 생각하고 있는데 문이 열렸다. 그리고 구오자가 들어왔다.

"뭐하나?"

사도무영은 구오자의 손을 보았다.

약그릇이 들려 있었다. 그런데 평소와 조금 달랐다.

양도 적고, 냄새도 이상하고.

"그거, 제 약입니까?"

"어, 약은 약인데, 그냥 약이 아니고, 내가 만든 독이야. 한 번 시험해 봤으면 해서."

"시험……한다고요? 어떻게요?"

"어떻게는? 마셔 보면 자연히 알게 될 거다."

구오자는 별거 없다는 투로 말하며 빙그레 웃었다.

사도무영은, 몇 개 없는 구오자의 누런 이가 오늘따라 무섭게 느껴졌다.

5.

혹독하던 추위도 세월의 힘을 이기지는 못했다. 삼월이 되자 온화한 기운이 남쪽에서부터 밀려오기 시작했다.

봄이 피부로 느껴지자, 사도무영은 떠나기로 결심을 굳혔다.

몸은 거의 완벽해진 상태. 회천공령장도 반 정도는 그의 것이 된 듯했다. 미지의 무공이다 보니, 무천진인조차 그가 어느 정도나 익힌 것인지 알 수가 없었다.

사도무영이 간단하게 짐을 챙기자 금포쌍괴가 방 안으로 고개를 들이밀었다.

"떠난다며?"

"지금 떠날 건가?"

"예, 이제 가 봐야 할 것 같습니다."

"우리도 같이 가면 안 될까?"

무이자가 넌지시 동행의 뜻을 내비쳤다. 무비자도 같은 생각인 듯 사도무영만 바라보았다.

몇 달을 함께 지내다 보니 스스럼없는 사이가 된 터였다. 더구나 자식도 없고, 제자도 없는 두 사람이 아닌가?

황금을 떠나서, 그들에게 이제 사도무영은 남이 아니었다. 함께 다니고 싶었다.

물론 사도무영과 함께 다니면 겁날 것 없다는 점도 조금은 작용했지만.

사도무영은 난감했다.

같이 지내면서 알게 되었지만, 특별한 재주가 있는 사람들이었다. 그리 나쁠 것 같지는 않았다. 그동안 신세진 것도 있고.

문제는 너무 특이하다는 점이었다. 다른 무엇보다 그것이 마음에 걸렸다.

당분간은 생존 사실을 알리지 않고 은밀하게 움직일 생각인데, 금포쌍괴가 동행하게 되면 사람들의 시선을 끌 수밖에 없는 것이다.

그는 미련을 갖지 않도록 단호히 딱 잘라 거절했다.

"죄송합니다. 그럴 수는 없습니다."

무비자가 뻥 뚫린 콧구멍을 벌렁거리며 투덜댔다.

"킁, 우리가 싫은가 보군."

무이자가 귓구멍을 쑤시며 흘겨보았다.

"저 때문에 우리가 몇 번이나 죽을 고생을 했는데……."

아무리 봐도 쉽게 물러설 것 같지가 않다.

사도무영은 난감한 표정으로 이유를 설명해 주었다.

"그래서가 아닙니다. 구천신교 놈들은 제가 죽은 줄로 알고 있을 겁니다. 그렇죠?"

두 사람이 동시에 고개를 끄덕였다.

"아마도 그러겠지."

"네가 살아있는 걸 알았다면, 무슨 수를 써서라도 찾아서 죽이려고 했을 걸?"

너를 죽이지 못하면 평생 괴로울 테니까.

금포쌍괴가 그런 눈빛으로 사도무영을 바라보았다.

사도무영은 두 사람을 번갈아보며 은근한 어조로 달랬다.

"바로 그겁니다. 저는 그 점을 이용해서 은밀하게 놈들을 상대하려고 합니다. 그런데 노선배님들과 함께 다니다 보면 놈들도 제가 살아있다는 걸 알게 되지 않겠습니까?"

"이상하네, 그들이 어떻게 알지?"

"정말 그럴까?

미칠 일이었다.

금포쌍괴의 모습은 사람들의 시선을 끌 수밖에 없다. 당연히 그 옆에 있는 자신에게도 시선을 줄 것이고.

그리되면 자신의 정체가 드러나는 것은 시간문제일 뿐 기정사실이었다.

'후우……'

사도무영은 속으로 한숨을 내쉬고는 다른 말로 설득했다. 겁을 팍팍 주면서.

"그리고 그게 아니어도, 제가 구천신교와 싸우다 보면 그들이 노선배님들을 가만두지 않으려 할 겁니다. 저와 같은 편인 줄 알 테니까요. 아마 평생 쫓기며 살아야 할 걸요?"

그제야 금포쌍괴는 흠칫하며 눈치를 봤다. 가만히 생각해 보니 그 말도 일리가 있었다.

그들이 구천신교의 무서움을 왜 모를까.

하지만 당장 물러서기에는 아쉬움이 너무 많았다. 무이자가 주먹코를 매만지며 중얼거렸다.

"그래도 같이 가고 싶은데……"

끈질긴 무이자의 말에 사도무영이 넌지시 다른 제안을 했다.

"음, 그러지 말고 이렇게 하면 어떻겠습니까?"

"어떻게?"

"제가 은밀하게 움직이는 동안 두 분은 정보를 모으는 겁니다. 제 동료들도 찾아보고요. 그리고 나서 나중에 저와 만나지요. 아마 이것저것 알아보다 보면 심심하지도 않으실 겁니다."

두 사람은 더 이상 고집 피우지 않았다.

당장 함께 다니고 싶지만, 그러지 못할 바에는 나중에 만날 수 있는 여지라도 남겨 두는 게 나았다.

"뭐 자네 뜻이 정 그렇다면 할 수 없지."

"그것도 그리 나쁘지 않을 거 같군."

'후우, 다행이군.'

사도무영이 속으로 안도하는데, 구오자가 작은 그릇을 하나 들고 안으로 들어왔다. 그릇에는 붉은 액체가 반쯤 담겨 있었다. 독이었다.

"저기, 가기 전에 마지막으로 이거 한 번 마셔볼래?"

"그건 또 무슨 독인데요?"

사도무영이 한숨을 쉴 것 같은 표정으로 되묻자, 구오자가 자랑스런 표정으로 대답했다.

"천지혈(天地穴)이라고, 새로 만든 건데……."

금포쌍괴는 인상을 잔뜩 쓰고 뒷걸음질을 치더니 바로 방을 나갔다.

사도무영은 그들의 반응을 보고 바로 대답을 못했다.

구오자는 지금까지 그를 상대로 네 가지 독을 실험해 보았다. 적은 양이니 절대 해롭지 않다면서. 그냥 반점 정도만 생길 거라며. 조금 심하면 가려울 수도 있고!

오독대법에 성공했으니, 만독은 아니어도 백독불침은 될 거라나?

어찌 되었든 구오자는 자신의 목숨을 구해준 사람. 이를 악문 사도무영은 그가 준 독을 마시고, 혈관에 직접 주입도 해보았다.

그리고 한 시진 뒤, 구오자는 그의 팔에서 한 종지의 피를 빼갔다. 해독단을 만드는데 아주 유용하다면서. 물론 피를 빼는 것은 사도무영이 직접 해야 했다. 살이 워낙 질겨서.

다행히 세 번의 실험은 가려운 정도에서 끝이 났다. 그런데 이번에는 아무래도 그 정도에서 끝날 것 같지 않았다.

"꼭 마셔야 합니까?"

"싫으면 말고. 뭐 내가 언제 너에게 은혜를 갚으라고 하던?"

사도무영은 쓴웃음을 지으며 손을 내밀었다.

떠나는 시간을 한 시진 늦추면 은혜를 갚을 수 있는데, 매정하게 떠나는 것도 좀 그랬다.

뒤통수에다 욕먹기는 더 싫고.

'까짓 거, 설마 죽기야 하겠어?'

"줘보시죠."

구오자는 환하게 웃으며 그릇을 내밀었다.

"약하게 타서 별로 독하진 않을 거다. 내가 떠나려는 사람에게 독하게 쓰겠냐?"

 글쎄, 그거야 두고 보면 알 일.

 사도무영은 눈 딱 감고 그릇을 비웠다.

 천지혈은 한 모금도 안 되었다. 냄새도 그리 고약하지 않았다.

 정말 구오자의 말대로 약하게 타서 그런 걸까?

 사도무영은 운기를 하며 평소처럼 한 시진을 기다렸다.

 시간이 지나도 반점이 생기지 않았다. 가렵지도 않았고.

 구오자가 헛소리한 것은 아닌 듯했다.

 한데 한 시진이 막 지날 때였다.

 꾸르륵.

 뱃속에서 천둥이 쳤다.

 '윽!'

 기다렸다는 듯 구오자가 들어왔다. 평소처럼 쇠로 된 가느다란 대롱이 아니라, 커다란 통을 들고서.

 "배가 아프지?"

 "예, 윽!"

 "어서 여기다 싸라. 한 방울도 다른 곳에 흘리지 말고."

 "예?"

 "클클클, 의아하게 생각할 거 없다. 만독서에 쓰여 있길, 천지혈은 입으로 먹고 밑으로 싸야 제대로 된 해독제의 재료가 된다더라."

 설마 그래서 천지혈은 아니겠지?

사도무영은 이를 악물고 구오자의 등을 쳐다보았다. 그리고 그가 나가자마자 바지춤을 풀었다.

'빌어먹을 영감!'

결국 사도무영은 예정보다 두 시진이 늦은 미시 무렵에야 도관을 나섰다.

얼굴이 창백해진 그를 보고 금포쌍괴가 말했다.

"하루 쉬고 내일 가지 그러나?"

사도무영은 고개를 저었다. 하루 더 머물면 구오자가 또 다른 것을 먹일지 몰랐다.

잠시 후.

계곡을 나선 사도무영은 북쪽으로 방향을 틀었다.

남상 일대가 구천신교에게 넘어갔다면, 그들의 눈이 사방에 깔려 있을 것이 분명했다.

자신의 등장이 알려지면 운양장이 또 위험해질지 모르는 일. 장막심 등을 찾는 것은 금포쌍괴에게 맡겨두었으니 그동안 섬서에 갔다 올 생각이었다.

'북궁조, 동방경. 섬서에 갔다 와서 보자!'

당한 것에 대해선 열 배, 백 배로 갚아줄 작정이었다.

제8장
어느 봄날에
만난 사람들

1.

　봄비가 부슬부슬 내리는 삼월의 어느 날 오후. 섬서성 안강현에 한 사람이 들어섰다.
　커다란 키, 조금 마른 듯 보이면서도 단단해 보이는 몸매, 남자답게 생긴 얼굴. 죽산을 떠난 사도무영이었다.
　안강에 들어선 그는 비가 점점 거세지자 일단 근처의 객잔으로 들어갔다.
　시간이 어정쩡한 탓인지 객잔 안은 손님이 반밖에 없었다.
　몇 사람이 고개를 돌리더니 그를 바라보았다.
　사도무영은 사람들의 시선에 상관하지 않고 창가의 빈자리에 갔다.

그가 의자에 앉자 점소이가 달려왔다.
"뭘 드시겠습니까, 무사님!"
그는 간단하게 음식을 시키고 천천히 주위를 둘러보았다.
손님은 모두 삼십여 명쯤 되었는데, 그 중 탁자 두 개에 여섯 명의 무인이 앉아 있었다.
고수라 불릴 만한 자들은 아니었다. 그저 그런 이삼류의 무사들일 뿐.
하지만 사도무영은 그들 중 한 무리를 쳐다보며 눈을 반짝였다.
탁자 하나에 네 명의 무사가 앉아 있었는데, 일반 무사들이 아닌 표사들이었다. 삼사십 대의 표사들, 그들의 옆에는 표기가 세워져 있었는데, 펼쳐져서 늘어진 표기에는 '백승표국'이라는 글자가 적혀 있었다.
사도무영은 그들이 나누는 이야기에 귀를 기울였다. 마침 자신이 듣고 싶어 하는 이야기가 그들에게서 흘러나오고 있었다.

"봄이 되었으니 천마궁이 또 움직이겠군."
"그들이 용검회와 정천맹을 이길 수 있을까?"
"말이 정천맹이지, 화산과 종남의 제자들만 있지 않은가?"
"화산과 종남도 전력을 다 쏟을 수 없으니 문제지."
"하긴, 그들도 혈곡과 철마보 때문에 함부로 움직일 수 없겠군."

"에이, 아무리 그래도 용검회가 어떤 곳인데 천마궁에게 밀리겠나?"

"허어, 이 친구. 지금까지 전부 그렇게 생각했다가 섬서 서남부가 천마궁에게 먹힌 거 아닌가?"

"젠장, 놈들이 석천까지 왔다는데, 이러다가 이곳까지 밀리는 거 아냐?"

사도무영은 그들의 이야기를 들으며 찻물로 입술을 축였다.

용검회가 강한 것이야 모르는 사람이 없다. 하지만 용검회가 둘로 나누어져 있다는 것도 알고 있을까?

아마 그에 대해서는 자세히 아는 사람이 많지 않을 것이다. 제갈신운조차 모르고 있지 않던가.

그렇다면 용검회가 천마궁을 이긴다는 보장도 없다는 뜻.

'그나마 화산과 종남을 중심으로 한 정천맹이 나섰기에 팽팽한 대치를 이루고 있는 것이겠지.'

용검회와 정천맹의 연합세력 대 천마궁의 일전이 임박한 상황.

과연 누가 이길까?

사도무영은 그 생각을 하며 찻잔을 비웠다.

유난히 목이 말랐다.

비오는 날 입술이 마르다니. 남들이 들으면 웃을 일이었다.

하지만 그는 웃을 수가 없었다.
천마궁의 철혈신마.
그 이름을 떠올릴 때마다 묘한 감흥이 일었다.
천하의 패권을 다투는 일은, 검을 쥔 자라면 누구라도 품는 꿈이 아니던가!
한데 그가 그 길을 가고 있는 것이다.
'말이 통하는 자면 좋겠는데.'
그가 잠시 철혈신마를 떠올리고 있는데 객잔으로 몇 사람이 들어왔다.
철걱, 철걱, 철걱.
그들이 걸음을 옮길 때마다 병장기 부딪치는 쇳소리가 규칙적으로 울렸다.
"철마보의 무사들이잖아?"
"누구를 호위하고 있나 보군."
표사들이 그들을 보고 조심스럽게 속삭였다.
사도무영은 철마보라는 말에 들어온 자들을 주시했다.
객잔에 들어온 자들은 모두 아홉 명. 여덟 명은 삼사십 대였고, 한 사람만 이십 대 중반의 청년이었다.
철걱거리는 소리는 허리에 찬 검과 검대가 부딪치며 나는 소리였다.
그들은 곧장 안으로 들어오더니, 사도무영의 옆쪽에 자리를 잡았다.

철마보(鐵魔堡)는 마도십삼파 중 하나로, 종남과 화산도 얕보지 못하는 강력한 마도세력이었다. 총단은 호북과 섬서의 경계에 위치해 있는 것으로 알려져 있고.

사도무영은 그래서 의문이었다.

마도십삼파 중 구천신교와 연관이 없는 것으로 알려진 세력은 모두 다섯 곳. 그 중 하나가 바로 철마보였다.

'마도문파라기보다는 패도를 추구하는 세력이라고 하던데. 보주가 상당한 강골이고……'

어쩌면 그래서 더 움직이기가 쉽지 않은 입장일 터였다. 자칫 정천맹과 구천신교, 양쪽에서 공격을 받을지 모르니까.

그런데도 범상치 않은 고수들이 총단을 떠나 안강에 나타났다. 팽팽한 긴장감이 언제 화산처럼 터질지 모르는 상황이거늘. 왜?

'아무래도 단순한 일 같지는 않군.'

사도무영이 골똘히 생각하고 있는데 점소이가 요리를 가져왔다.

삶은 고기를 가늘게 찢어 야채와 함께 볶은 요리와 생선을 넣은 탕이었는데 구수한 냄새가 식욕을 자극했다.

그는 철검보 사람들에 대한 의문을 잠시 접어두고 식사를 했다.

잠시 후, 그가 그릇을 비우고 차를 한 모금 마실 때였다. 옆에서 누군가가 그에게 말을 걸었다.

"뭐 좀 물어봐도 되겠소?"

그는 고개를 돌려 말을 건 사람을 바라보았다.

거무스름한 얼굴에 각진 턱, 힘이 느껴지는 눈빛. 철마보의 이십 대 청년이 자신을 응시하고 있었다.

조금 전부터 시선이 느껴졌었는데, 아마도 자신이 식사를 끝마칠 때까지 기다린 듯했다.

'기본은 된 자군.'

자신은 지금 낭인처럼 생각해도 하등 이상할 것이 없는 차림새였다. 사람들의 시선을 끌지 않기 위해 그리 입은 것이다.

철마보 정도의 대문파 사람이라면 그런 자신을 보고 무시할 수도 있었다. 그런데 나름대로 예의를 지켰다. 결코 쉬운 일이 아니거늘.

"뭘 물어보겠다는 거요?"

"낭인이오?"

"왜 그걸 묻는 거요?"

사도무영이 톡 쏘듯 반문을 던지자, 청년과 함께 있던 무사들이 눈살을 찌푸렸다.

하지만 청년은 아무렇지도 않다는 듯 말했다.

"나는 철마보의 사공청이라 하오. 특별히 가려는 곳이 없다면 우리 철마보에 들어오지 않겠소?"

사공청은 제안을 하고 사도무영을 직시했다.

그가 뜬금없이 그런 제안을 한 것에는 나름대로 이유가 있었다.

철마보 일행의 기세는 일개 낭인이 무시할 수 있는 게 아니었다. 멀찍이 앉아 있는 백승표국의 표사들조차 어깨가 움츠러든 상태가 아닌가.

그런데 바로 옆에 앉은 자는 자신들을 조금도 의식하지 않고 식사를 마쳤다.

앉아 있어서 그렇지 일어서면 상당히 클 것 같은 키, 탄탄하게 보이는 넓은 어깨, 잘 생겼다기보다 선이 굵어 남자답게 생긴 얼굴, 흘러내린 머리카락 사이로 보이는 무심한 눈빛. 묘한 매력이 느껴지는 자였다.

'누군지 몰라도 둘 중 하나일 거 같군.'

겉모습만 그럴듯한 자이든가, 아니면 속에 진짜 뭐가 든 자이든가.

사도무영은 입맛이 썼다.

사람들의 시선을 끌지 않기 위해 흐트러진 머리도 그대로 놔두고, 지저분한 옷도 신경 쓰지 않았다. 그런데 의도했던 바와 달리 시선을 끈 것이다.

"특별히 가려는 곳은 없소. 하지만 철마보에 들어가고 싶은 마음도 없소. 나는 자유로운 게 좋으니까."

"아쉽군."

사공청은 정말로 아쉬운 표정을 지었다.

사도무영은 그 모습을 바라보다 품고 있던 의문점을 슬며시 물어보았다.

"그런데 이상하군요. 내가 듣기로는 섬서의 상황이 일촉즉발이라는데, 이곳에는 무슨 일로 온 것이오?"

"지나가던 길일 뿐이오."

목적지가 따로 있다는 말.

사도무영은 사공청 일행의 행로를 유추해보았다.

저들은 동쪽에서 왔다. 안강은 중간 기착지일 뿐이고.

'그렇다면 목적지가 서쪽에 있다는 말인데……'

그때 사공청이 물었다.

"이름이 어떻게 되오?"

사도무영은 잠시 사공청을 바라보더니 자리에서 일어나며 말했다.

"이름을 밝힐 수 없는 사정이 있으니 이해해 주시오. 더 하실 말씀이 없다면 그만 가보겠소."

사공청은 그를 붙잡지 않았다.

'생각보다 더 크군.'

하지만 그의 곁에 앉아 있던 철마보의 무사들은 참지 못했다.

"공자께서 먼저 이름을 밝혔거늘, 건방진 놈이구나!"

"낭인 주제에 감히 공자의 호의를 무시하다니!"

사공청이 그들을 말렸다.

"먼저 말을 건 것은 나요. 대답을 하고 안 하고는 저 사람의 자유. 그대들이 뭐라 할 이유가 없소."

찰마보의 무사들 중 사십 대의 중년인이 나직이 말하며 나섰다.

"하오나 공자……."

"철마보의 이름으로 낭인을 누르려 한다면 세상이 우리를 비웃을 것이오. 나는 우리 철마보가 세상의 웃음거리가 되는 걸 원치 않소."

중년 무사는 더 이상 토를 달지 못했다.

"죄송합니다, 공자."

역시 괜찮은 자다.

사도무영은 사공청을 새삼스런 눈으로 쳐다보고 살짝 고개를 숙였다.

"그럼 다음에 봅시다. 언젠가는 말할 수 있는 날이 있겠지요."

객잔을 나온 사도무영은 잠시 망설였다.

비는 멈출 기색을 보이지 않고 끈질기게 내렸다.

'여기서 하루 쉬고 내일 아침에 출발할까?'

한데 바로 그때였다. 길 건너편 건물 처마 밑에 거지 하나가 쪼그려 앉아 있는 게 보였다.

일반 거지가 아니었다. 허리춤에 두 마디 매듭이 지어진 마대가 매달려 있는 거지. 개방의 제자였다.

사도무영은 질척거리는 길을 건너 거지 옆으로 갔다.

거지는 사도무영이 그의 옆에 서자 힐끔 올려다보았다.

사도무영이 담담한 목소리로 그에게 말을 걸었다.

"분타주를 만나고 싶소만."

서른 살가량의 거지는 슬며시 고개를 돌리며 투덜댔다.

"아, 씨발. 배고파 죽겠는데 귀에서 헛소리만 들리네."

"철표개 어르신에 대한 걸 알고 싶어서 그러는 거요."

거지는 흠칫하며 바가지로 바닥을 박박 긁었다.

"정말 철표개 장로님을 아쇼?"

"형주의 분타에서 만난 적이 있소. 몇 달 전까지는 그분의 제자인 만소개와 함께 있었고."

"이름이……?"

자신의 이름을 함부로 말해줄 수는 없었다. 하지만 개방의 정보망을 이용하기 위해선 어쩔 수 없었다. 단 비밀엄수라는 전제하에.

"이름을 밝힐 수 없는 이유가 있소. 하지만 개방의 이름을 걸고 비밀을 지키겠다는 약속을 해 준다면 말해 주겠소."

"지미, 더럽게 비싼 이름인가 보군."

거지는 고개를 돌리고는 혼잣말처럼 투덜거렸다.

사도무영은 거지의 마음을 이해하기에 빙그레 웃으며 말했다.

"비싼 이름은 아니지만, 구천신교가 알게 되면 개떼처럼 달려올 정도는 되오."

구천신교라는 말에 거지의 얼굴이 딱딱하게 굳었다.

"조또, 그럼 말하지 마쇼. 가늘고 길게 살자, 그것이 내 좌우명이니까."

"그럼 분타주를 만날 수 있게 해 주겠소?"

"끄응, 그건 좀……. 잘못하면 나만 혼날 텐데……."

"별 문제는 없을 거요. 내가 분타주를 만나려는 것은 만소개에게 전할 말이 있어서 그런 거니까."

그게 정말이라면 크게 문제될 것은 없었다.

"뭐 좋소. 그럼 나를 따라오쇼. 아, 그 전에 잠깐만……."

거지는 바가지를 바닥에 서너 번 내리쳤다.

건너편 골목에서 새끼 거지 하나가 삐죽 고개를 내밀었다.

거지는 그를 향해 손짓으로 뭔가를 지시했다. 그러고는 자리에서 일어나 엉덩이를 털었다.

"갑시다."

사도무영은 그가 하는 행동의 의미를 짐작하고 내심 고개를 끄덕였다. 개방의 거지들이 관심을 가질 사람들은 한 부류밖에 없었다.

'철마보의 무사들을 감시하고 있었군.'

개방의 안강분타주 육지개는 움막으로 들어서는 사도무영을 보며 눈살을 찌푸렸다.

'저 새끼는 뭐야?'

그는 그런 뜻이 담긴 눈빛으로, 한쪽에서 얼쩡거리는 거지를 바라보았다.

사도무영을 데려온 거지는 재빨리 설명했다.

"철표개 장로님과 만소개를 잘 아신다고 해서……."

"그래?"

육지개는 의외라는 표정으로 사도무영을 살펴보았다.

"정말이우?"

"그렇습니다."

"그런데 왜 나를 찾아온 거요?"

사도무영은 거두절미하고 바로 본론을 꺼냈다.

"정천맹 형주분타가 무너졌다는 말을 들었습니다. 해서 철표개 어르신은 별일이 없는지 알고 싶어서 왔지요."

"크게 다치진 않았다고 들었수."

"만소개에게 연락할 수 있습니까?"

"뭐 못할 것은 없는데……. 왜 그러쇼?"

"그에게 몇 가지 전할 말이 있습니다."

"킁, 우리가 아무리 거지라지만, 공짜는 좀……."

사도무영은 육지개의 앞에 있는 바가지에다 은자 하나를 툭 던졌다.

육지개는 번개같이 손을 놀려 은자를 낚아챘다.

족히 두 냥은 될 것 같았다. 안강의 거지들이 열흘은 생활할 수 있는 거금!

그는 은자를 꼭 쥔 채 사도무영에게 말했다.

"말해 보슈. 뭔 말이든 전해줄 테니까."

2.

개방의 안강분타를 나선 사도무영은 곧장 서쪽으로 향했다.

비는 거의 그쳤지만, 땅이 질척해서 관도에 오가는 사람이 거의 없었다.

어두워질 때까지 남은 시간은 두 시진 정도. 잘하면 어두워지기 전에 석천에 도착할 수 있을 것 같았다.

그런데 안강을 출발한 지 이각이나 지났을까. 미끄러지듯이 빠르게 나아가던 사도무영은 전면을 바라보며 걸음을 늦추었다.

"응?"

멀리서 병장기 부딪치는 소리가 들렸다.

한두 사람이 싸우는 소리가 아니었다. 적어도 수십 명이 격전을 벌이는 소리였다.

그냥 지나갈까, 아니면 누가 싸우는지 알아보고 갈까.

잠시 망설이던 사도무영은 소리가 나는 곳을 향해 걸음을 옮겼다.

궁금했다.

대체 누가 천마궁과 용검회, 정천맹이 전쟁을 벌이기 직전인 곳에서 싸우는 걸까?

완만한 고개 두 개를 넘자 싸움을 벌이고 있는 자들이 보였다. 두 무리로 확연히 구분되었는데, 언뜻 봐도 삼십 명 가까이 되었다.

그들을 보던 사도무영의 눈에서 이채가 반짝였다.

'음? 철마보 사람들이잖아?'

반면 그들과 싸우는 자들은 누군지 알 수가 없었다.

다만 펼치는 무공이나 흘러나오는 기운으로 봐서 정파의 무사들은 아닌 듯했다.

그는 격진장을 바라보나 천천히 그곳으로 접근했다.

사공청과 철마보의 무사들은 약하지 않았다. 약하기는커녕 모두 일류 이상의 고수들로, 개중 두세 명은 절정의 경지에 오른 고수였다.

한데도 그들이 밀리고 있었다.

일단 상대의 숫자가 그들에 비해 두 배가 넘었다. 더 큰 문제는 그들의 무위가 철마보 무사들에 비해 그리 약하지 않다는 점이었다.

'철마보를 도와야 하나?'

철마보의 상대가 정파인들이었다면 굳이 생각할 것도 없었다. 한데 아무리 봐도 사마의 세력인 듯했다.

　의아한 일이었다. 왜 같은 마도세력끼리 싸우는 걸까?

　바로 그때, 사도무영을 발견했는지 그들 중 두어 명이 몸을 빼 사도무영을 향해 달려왔다.

　그들은 빠르게 다가와 사도무영의 앞을 막더니 위압적으로 소리쳤다.

　"웬 놈이냐!"

　"그렇게 묻는 당신들은 누구요?"

　"뭐라? 이 새끼가 어디서……!"

　하나가 버럭 화를 내는데, 다른 자가 싸늘하게 말했다.

　"죽고 싶지 않다면 돌아가라!"

　사도무영은 돌아갈 생각이 눈곱만큼도 없었다.

　"돌아갈 수 없다면?"

　"네가 스스로 택했으니 후회하지 말도록."

　말을 끝맺기가 무섭게 검이 날아들었다.

　사도무영은 더 이상 고민하지 않았다. 자신을 향해 검을 들이댄 자는 정파인이라 해도 적이었다.

　그는 손을 가볍게 휘둘러 상대의 검을 쳐냈다.

　땅!

　그리고 한 발 앞으로 내딛으며 상대의 멱살을 움켜쥐었다.

　순간 다른 자가 대경해서 달려들었다. 그자는 커다란 귀두도를 휘둘러 사도무영의 팔을 자르려 했다.

"놓아라!"

사도무영은 손에 잡힌 자를 몽둥이처럼 휘둘렀다.

휘이잉!

"헉!"

달려들던 자는 대경하며 급히 도를 거두었다.

하지만 사도무영은 멈추지 않고 손을 틀었다.

손에 잡힌 자의 두 발이 채찍처럼 돌더니 상대의 머리를 후려쳤다.

퍽!

사도무영은 간단히 상대를 제압하고, 손에 들린 자를 이 장 밖에 던져버렸다. 그리고 철마보 사람들이 싸우는 곳을 바라보았다.

묘한 곳에서 상황이 변하기 시작했다.

두 사람이 너무 힘없이 쓰러지자, 정체불명의 무사들이 적극적으로 달려들지 못했다.

사도무영은 그들을 향해 걸어갔다.

삼 장 거리까지 다가간 그는, 한참 싸우고 있는 사공청에게 물어보았다.

"그 사람들은 누구요?"

사공청은 사도무영의 등장이 반갑긴 했지만 정신을 흐트러뜨릴 수가 없었다.

정신을 집중해도 이길까 말까 한 상대였다. 조금만 허점을 보이면 상대의 검이 자신의 심장에 꽂힐 것이었다.
 한데 철마보의 무사들과 싸우던 자들이 스스로 정체를 밝혀서 사공청의 어려움을 덜어주었다.
 "우리는 사혈문(死血門)의 무사들이다! 네놈이 감히 본문의 제자들을 해치다니! 죽으려고 환장했구나!"
 그들이야 겁을 주어서 쫓아내려는 의도였다. 그러나 그로 인해서 사도무영의 부담만 덜어졌다.
 "사혈문이라……."
 마도십삼파에 못지않은 강력한 신흥 마도세력. 특히 악독함만큼은 강호 마도세력 중 첫째 둘째를 따지는 곳. 그게 사도무영이 아는 사혈문이었다.
 부담 없이 때려눕혀도 되는 자들.
 "죽여도 괜찮은 자들이군."
 그는 담담히 말하며 도를 빼들었다.
 사혈문의 무사들은 사도무영을 죽일 듯이 노려보았다.
 "저 새끼도 죽여라! 사지를 잘라버려!"
 네 명의 무사들이 사도무영을 향해 달려들었다.
 그 바람에 숨 쉴 여유가 생긴 사공청이 다급히 소리쳤다.
 "조심하시오!"
 순간이었다.
 쩌저적!
 한줄기 시퍼런 벼락이 허공을 갈랐다.

그리고 사혈문의 무사 셋이 경극을 하는 배우처럼 비틀거리더니 푹 꼬꾸라졌다.

동시에 세 가닥 가느다란 핏줄기가 세 사람의 목에서 솟구쳤다.

남은 하나는 비칠거리며 뒤로 물러났다. 창백한 얼굴에는 공포가 드리워져 있었다.

다른 사람은 보지 못했지만, 그는 보았다.

벼락같은 도광에서 떠오른 하얀 아수라의 미소를!

"아, 악마의 도······."

사도무영이 그를 향해 걸음을 옮겼다.

"으아아아!"

뒷걸음질 치던 무사는 더 이상 공포를 견디지 못하고 뒤돌아서 도망쳤다.

"저 병신 새끼가!"

사혈문의 무사들 중 하나가 욕설을 퍼붓고는, 사도무영을 향해 신형을 날렸다.

사혈문 무사 셋이 그와 함께 움직였다.

검기와 도기를 자유자재로 쓰는 자들. 그들 모두 강호에서 고수라는 소리를 들을 수 있는 자들이었다.

하지만 그들의 신세도 앞서 지옥으로 간 자들과 크게 다르지 않았다.

사도무영은 달려드는 자들을 무심한 눈으로 바라보며 수라도를 사선으로 들어올렸다.

번갯불이 번쩍이며 청광이 벼락처럼 뻗어나갔다.

시퍼런 벼락은 무엇이든 거침없이 베어버렸다. 무기든, 몸이든.

쩌저적! 따당!

"커억!"

"으헉!"

비명과 억눌린 신음이 동시에 터져 나왔다.

그리고 네 사람의 동체에서 뿜어지는 시뻘건 혈우(血雨)!

먹구름이 그대로 내려앉은 듯 공포가 격전장을 뒤덮었다.

"마, 맙소사!"

너나 할 것 없이 눈으로 직접 보고도 믿을 수 없는 일이었다.

당황한 사혈문 무사들의 눈빛이 강가의 갈대처럼 흔들렸다.

그들은 철마보 무사들과 싸우는 와중에도 상관의 눈치를 보며 주춤주춤 물러섰다.

사공청과 철마보의 무사들은 기회를 놓치지 않았다. 이제 숫자에서도 큰 차이가 없었다. 당한만큼 돌려줄 때가 온 것이다.

"개자식들! 이제 정식으로 해보자!"

"사혈문의 잡종들! 죽어라!"

그들은 이를 악물고 사혈문의 무사들을 몰아붙였다.

사도무영은 가만히 서서 그들의 싸움을 지켜보았다.

철마보와 사혈문은 자신의 동료도, 적도 아니었다. 자신에게 검을 겨누는 자는 적이 될 것이고, 그렇지 않으면 남이었다.

싸움은 오래가지 않았다.

사혈문의 무사들 중 사공청과 싸우던 중년 무사가 훌쩍 뒤로 물러나더니 악을 쓰듯이 소리쳤다.

"후퇴해!"

철마보의 무사들은 거친 숨을 몰아쉬었다.

한 명이 죽고 여덟 명이 살아남았다. 그나마도 모두 부상을 입은 상태였다.

사공청도 예외가 아니었다. 그의 옷은 빗물과 피로 흠뻑 젖어서 본래 무슨 색이었는지 알아보기가 힘들 정도였다.

서서 숨을 고르는 사이, 소매를 타고 뚝뚝 떨어진 핏물이 그의 발 언저리를 붉게 물들였다.

하얗게 얼굴이 굳은 그는 고통을 참고 사도무영을 바라보았다.

객잔에서 보고 범상치 않은 자라는 것은 느끼긴 했다. 하지만 설마하니 사혈문 최강이라는 귀혈당의 무사들을 허수아비처럼 베어 넘길 정도의 고수일 줄이야.

철마팔혼검 중 살아남은 일곱도 경악한 것은 마찬가지였다.

특히 객잔에서 사도무영을 다그쳤던 두 사람은 간이 다 떨렸다.

사도무영은 그들의 시선을 받으며 걸음을 옮겼다.

그제야 정신을 차린 사공청이 급히 포권을 취했다.

"도와줘서 고맙소."

"고마워할 것 없소. 그들이 나를 공격하지 않았다면, 나도 손을 쓰지 않았을 거요."

"그래도 어쨌든 귀하 덕분에 위기를 넘겼소이다."

"정 그리 생각한다면, 한 가지 물어봐도 되겠소?"

"말해 보시오."

"사혈문과 왜 싸운 것이오?"

"어제오늘의 일이 아니오. 본 보와 사혈문은 지난 십여 년간 만나기만 하면 싸울 정도로 사이가 좋지 않소."

"단지 사이가 좋지 않다는 이유 때문에 수백 리 떨어진 이곳까지 쫓아온 것은 아닌 것 같소만."

사공청은 바로 대답을 못하고 난색을 표했다. 사실대로 말하려면 철마보의 현재 처한 상황까지 이야기를 해야 하는데 자존심이 상했다.

하지만 곧 마음을 바꿨다.

겨우 살아난 마당에 숨길 것이 뭐 있으랴.

"좋소, 말 못할 것도 없지요. 사실 본 보가 요즘 어려운 상황에 처해 있소. 위에선 화산과 종남이 누르고, 밑에선 사혈문이 들쑤시고, 구천신교는 자신들을 따르라 하고. 해서 현재 처한 상황을 해결해 보려고, 아버님의 허락을 받아 보를 떠나온 것이오. 그런데 사혈문 놈들이 어떻게 알았는지 여기까지 쫓아왔지 뭐요."

그리고 하마터면 그들에게 당할 뻔했다.

사도무영은 철마보가 처한 상황을 이해할 수 있었다.

철마보가 마도십삼파 중 하나라지만, 그들을 위협하는 세력 하나하나가 그들보다 약하지 않았다. 구천신교야 말할 것도 없고.

그러고 보면, 객잔에서 그를 끌어들이려 했던 것도 괜찮은 사람 하나가 아쉬웠기 때문인 듯했다.

"왜 구천신교와의 연합을 거절한 것이오?"

"간단하오. 우리는 그들의 하수인이 되어서 명령대로 움직이며 살 생각이 아예 없소."

용꼬리보다 뱀 머리로 살겠다는 뜻.

철마보주 사공강의 패도적인 성격을 생각하면 당연한 결정이라 할 수 있었다.

사도무영은 사공청의 말을 듣고 넘겨짚어서 물어보았다.

"혹시 천마궁을 찾아가는 길이 아니오?"

사공청은 씁쓸한 표정으로 말했다.

"귀하의 말이 맞소. 우리는 그들과 주종관계가 아닌 동등한 연합을 맺을 생각이오. 그런데…… 이제 그것도 곤란하게 된 것 같소. 이런 꼴로 찾아가 봐야 비웃음이나 사지 않겠소?"
 "그들이 비웃을까 봐 두렵소?"
 사공청이 이를 악물고 사도무영을 쏘아보았다.
 "나 하나 멸시받는 건 상관없소. 나는 우리 철마보가 멸시당할까 봐 그게 두려운 거요."
 "철혈신마가 사람을 겉모습만 보고 멸시하는 자라면, 어차피 기대할 것도 없지 않겠소? 그러니 미리부터 실망할 필요는 없을 것 같소만."
 사공청의 눈빛이 잘게 떨렸다.
 옳은 말이다. 멸시당하기 싫어서, 하수인이 되기 싫어서 구천신교의 위협에도 굴하지 않은 철마보가 아닌가.
 천마궁도 똑같이 나온다면, 없던 일로 하면 그만이다. 그로 인해서 철마보가 더욱 힘들어질지라도.
 "귀하의 말이 맞소, 맞아! 하하하하, 속이 다 시원하구려."
 사공청의 어두웠던 표정이 언제 그랬냐는 듯 밝아졌다.
 '말이 통하는 자군.'
 사도무영은 속으로 웃으며 담담히 말했다.
 "일단 상처부터 손보시오. 나도 철혈신마를 만나보고 싶은데, 괜찮다면 같이 갑시다."
 "귀하도?"
 "그렇소. 아참, 내 이름은 사도무영이오. 당분간 이름이 알려져선 안 되니, 다른 사람에게는 말하지 않았으면 하오."

어느 봄날에 만난 사람들 *265*

알고 지내도 괜찮을 사람. 사공청을 그렇게 평가한 사도무영은 이름을 말해주었다.
 '나이는 묻지 마쇼. 물어봐도 알려주지 않을 테니까.'
 알려주면 이상한 눈으로 쳐다볼 것이 뻔했다.

1.

 사도무영은 한음에서 하룻밤 쉬고, 다음 날 아침 석천으로 향했다.

 푹 쉰 덕분인지 사공청과 철마보 무사들도 많이 회복된 상태였다. 하지만 석천으로 향한 사람은 사도무영까지 여섯뿐이었다. 세 사람은 부상이 심해서, 사공청이 돌아올 때까지 한음에 머물기로 한 것이다.

 사도무영 일행이 석천에 도착한 것은 오시 무렵이었다.

 전날 내린 비가 황사를 걷어내서 그런지, 하늘은 그 어느 때보다 청명했고, 햇살은 맑았다.

 맑은 햇살을 받으며 석천에 들어선 여섯 사람은 곧장 대로를 가로질렀다.

석천은 천마궁의 영역. 철혈신마가 머물고 있는 것으로 알려진 곳이 아닌가.

도검을 찬 사도무영과 사공청 일행이 대로를 걷자 은밀한 시선 몇 줄기가 그들을 향했다.

개중에는 천마궁의 시선도 있었고, 용검회, 정천맹의 시선도 있었다.

사도무영은 그들의 시선을 개의치 않았다.

어차피 그들의 시선을 완전히 피해서 움직인다는 것도 쉽지 않은 일. 신경 쓰지 않기로 했다.

훗날, 자신이 철혈신마를 만난 것을 정천맹이 알고 트집을 잡아도 할 말이 있었다.

도원장에서 용검회가 자신을 공격하는 걸 보고도 가만히 있던 자들이 아닌가.

은혜와 신의보다 자존심을 택한 자들!

'용검회를 비호한다면, 정천맹이라 해도 가만두지 않을 거다.'

사도무영은 일단 객잔에 들어갔다.

은밀한 시선들이 하나 둘 사라졌다.

각 세력의 감시자들이 자신은 몰라봐도 철마보의 무사들은 알아봤을 것이다. 그렇다면 지금쯤 바쁘게 움직이고 있을 터.

자신은 철마보의 무사들과 느긋이 식사나 하면서 기다리기만 하면 되었다.

"어이, 점소이. 여기 주문 안 받나?"

이제 열댓 살 정도 되는 점소이가 뛰어왔다.

"부르셨습니까, 무사님."

천천히 식사를 마치고, 차까지 마신 후에도 사도무영이 움직일 생각을 하지 않자, 사공청이 넌지시 물었다.

"사도 형, 언제 천마궁주를 찾아갈 생각이오?"

철마팔혼검 중 첫째이자, 안강에서 사도무영을 다그쳤던 호유건도 궁금한지, 그동안 닫고 있던 말문을 열었다.

"천마궁주가 석천에 와있다는 말만 들었을 뿐, 정확한 위치에 대해서 알려진 것은 없는 것으로 알고 있소. 사도 소협은 혹 아시는 거라도 있으시오?"

사도무영은 별걸 다 걱정한다는 투로 태평하게 말했다.

"너무 걱정하실 것 없습니다. 곧 알게 될 테니까요."

"예?"

"그게 무슨……?"

"목마른 사람이 우물을 판다지 않습니까."

그 말이 끝나기 무섭게 객잔 안으로 여덟 명의 무사가 들어섰다.

갈색 무복, 가슴에 '천마(天魔)'라는 글자가 새겨진 자들. 천마궁의 무사들이었다.

그들은 곧장 사도무영 일행이 있는 곳으로 다가왔다.

선두에 선 자는 사십 대 중년인이었는데, 콧등에 깊은 상흔이 나있었다.

그가 걸음을 멈추자, 나머지 일곱 명의 무사들이 자연스럽게 반원을 그리며 사도무영 일행을 둘러쌌다.

"혹시 철마보 분들이 아니오?"

"그렇소이다. 그렇게 물으시는 분은 뉘신지?"

사공청이 나서기 전에 호유건이 먼저 입을 열었다.

사공청은 철마보를 대표해서 온 사람. 사소한 일까지 일일이 사공청이 나서면 천마궁이 철마보를 얕볼지도 몰랐다.

콧등에 상흔이 있는 중년인은 앉아 있는 사람들을 죽 둘러보고는 오만한 목소리로 자신을 밝혔다.

"본인은 천마궁 석천지부의 곽지철이오."

호유건의 표정이 굳어졌다.

곽지철이라면 연살쌍마(宴殺雙魔) 중 둘째로 섬서 동남부 미창산 일대에서 공포로 군림하던 살인귀가 아닌가.

호유건은 자리에서 일어나 당당한 자세로 포권을 취했다.

"연살쌍마의 둘째이신 곽 형이었구려. 만나서 반갑소이다. 철마보의 철마팔혼검을 이끄는 호유건이오."

이번에는 곽지철의 표정이 살짝 굳어졌다.

철마팔혼검은 철마보주 사공강이 직접 키웠다는 정예 중의 정예무사들이었다. 그들을 이끄는 자라면 곽지철이라 해도 무시할 수가 없었다.

"별 말씀을. 한데 어쩐 일로 여기까지 오신 것이오?"

"본 보의 대공자께서 귀 궁의 궁주님께 드릴 말씀이 있어서 오셨소이다."

"궁주님께?"

곽지철의 시선이 사공청을 향했다. 그제야 사공청이 일어나서 포권을 취했다.

"사공청이오. 궁주님께서 이 근처에 계신 것으로 알고 있소만."

위엄이 절로 배어 있는 태도와 말투.

사도무영을 대할 때와는 많이 다른 모습이었다.

사공청은 자신의 행동 하나하나에 철마보의 위신이 달려 있다는 것을 잘 알고 있는 것이다.

곽지철은 의외라는 눈빛으로 사공청을 살펴보았다.

그러다 사공청을 비롯해 철마팔혼검 네 사람의 행색을 보고 눈살을 찌푸렸다.

"궁주님에 대한 것은 여기서 밝힐 수 없소. 이해해 주시오. 그런데…… 오시다가 무슨 일이 있었소?"

"사혈문 귀혈당 놈들의 습격을 받았소. 다행이 그들을 물리치기는 했소만, 몇 사람이 심한 부상을 입어서 우리만 온 것이오."

'사혈문 귀혈당'이라는 말에 곽지철이 흠칫했다.

귀혈당은 사혈문의 전위세력인 오당 중 가장 강력한 단체로, 요인척살을 주 임무로 움직이는 자들이었다.

곽지철은 귀혈당의 습격을 뚫고 왔다는 말에 사공청 일행을 다시 보았다.

"큰일 날 뻔했구려. 그래도 무사했으니 다행이외다."

"걱정해 주어서 고맙소."

"자, 일단 우리 지부로 갑시다. 자세한 이야기는 거기 가서 해도 되니까."

사도무영은 이야기가 대충 끝난 듯하자 자리에서 일어났다.

돌아서려던 곽지철이 멈칫하고는 사공청에게 물었다.

"저 사람도 철마보의 무사요?"

사공청은 찰나 간 눈을 반짝이고는 담담하게 대답했다.

"그렇습니다. 무슨 문제라도 있습니까?"

"아니오. 복장이 혼자만 달라서······."

"겉모습이야 언제든 달라질 수 있는 법 아니겠습니까? 제가 책임질 테니 걱정 마시지요."

"하긴······."

곽지철은 사도무영은 힐끔 쳐다보고 몸을 돌렸다.

그가 의문을 품은 것은 꼭 겉모습 때문만은 아니었다. 사도무영을 본 순간 주먹만 한 뭔가가 목에 턱 걸린 기분이 든 것이다.

'더럽게 기분 나쁜 놈이군.'

전이었다면 그런 기분이 들었다는 것만으로도 팔 하나쯤은 잘랐을 텐데…….

2.

천마궁은 석천 서쪽 외곽의 제법 큰 장원을 지부로 사용하고 있었다.

장원으로 들어가자, 오가던 수많은 무사들이 사도무영과 사공청 일행을 쳐다보았다.

'일개 지부치고는 상당한 크기군.'

장원을 가로지르는 도중에 본 자들만 해도 백여 명은 될 듯했다. 장원 안의 무사가 수백 명은 된다는 뜻. 거기다 무사들도 허접한 삼류무사들이 아니었다.

'이 정도면 마도십삼파 중 한 곳과 비교해도 크게 떨어지지 않을 것 같은데?'

사도무영은 석천지부의 무력을 보고 천마궁에 대한 판단을 확실하게 내렸다.

천마궁은 열망만으로 일어선 자들이 아니라, 천하를 욕심낼 만한 힘까지 갖춘 자들이었다.

반면, 사공청은 마음이 무거워졌다.

일개 지부의 힘이 이 정도라니.

천마궁의 힘이 예상보다 훨씬 강하게 느껴졌다.

이들이 과연 자신들의 요구를 받아줄까?

불안했다. 자신의 어깨에 철마보의 생사가 달렸거늘.

하지만 여기까지 온 이상, 그에게는 더 이상 물러설 곳이 없었다.

'일단 부딪쳐보는 수밖에.'

곽지철은 사공청 일행을 지부장의 집무실로 안내했다.

먼저 곽지철이 집무실로 들어가 보고를 올렸다. 그리고 일각 정도 지나자, 곽지철이 안에서 나와 그들을 데리고 들어갔다.

사공청이 철마보 무사들과 함께 먼저 들어가고, 사도무영은 맨 뒤에 들어갔다.

수십 명이 들어서도 될 만큼 넓은 집무실에는 한 사람밖에 없었다.

넓적한 얼굴에 텁수룩한 수염을 지닌 강인한 인상의 중년인. 그가 바로 천마궁 석천지부의 지부장이자 연살쌍마의 첫째인 곽지홍이었다.

비록 칠사팔마에 들진 못해도 그 바로 아래쯤으로 평가되는 자.

사공청 일행이 다가가자 그가 천천히 자리에서 일어났다.

"어서 오게."

곽지홍은 곽지철보다 세 살 연상이었다. 하지만 나이를 떠나서, 그는 곽지철과는 비교할 수 없는 마도의 거물이었다.

마도십삼파의 주인과 나란히 설 수 있는 자.

천마궁에서 그를 요충지인 석천지부의 책임자로 앉혔다는 것은 그에게 그만한 자격이 있다는 말이었다.

사공청도 그걸 알기에 곽지홍과 마주서자 정중히 고개를 숙였다.

"사공청이 곽 선배님을 뵙습니다."

"반갑군. 그래, 철마보의 대공자께서 무슨 일로 궁주님을 만나 뵈려 하시는 건가?"

"궁주님께 아버님의 말씀을 전해드리고 답을 받아갈까 합니다."

곽지홍은 사공청을 보며 입술을 비틀었다.

철마보주가 무엇 때문에 천마궁의 궁주에게 말을 전하려는지 짐작하는 것은 그리 어렵지 않았다.

'요즘 사면초가에 처해서 힘들다고 하더니, 결국 우리에게 손을 내미는군.'

그렇다면 칼자루는 천마궁이 쥐고 있는 상황. 순순히 요구를 들어줄 이유가 없었다.

게다가 도움을 청하려는 자치고는 허리와 무릎이 너무 뻣뻣했다. 사혈문에도 빌빌대는 자들이 감히 천마궁에 와서 자존심을 세우려 하다니.

'기를 죽여야 나중에 쓸데없는 요구를 하지 않겠군.'

나름 결정을 내린 그는 귀찮은 표정을 지으며 말했다.

"현 상황을 모르진 않겠지?"

"용검회와 일전을 벌이기 직전이라 알고 있습니다."

"잘 알고 있군. 바로 그 일 때문에 지금 궁주님과 본궁의 무사들이 영섬 쪽에 가 계시네."

"그럼 궁주님을 뵈려면 영섬까지 가야겠군요."

"어허, 답답하긴. 용검회를 치기 위해 전력을 다 쏟고 있는 판이네. 자네를 만나서 사적인 이야기를 나눌 정도로 궁주님이 한가하신 줄 아는가?"

"몇 마디 말 정도는 들어줄 시간이 있지 않겠습니까?"

"지금은 다른 일에 신경 쓸 정신이 없으실 서네. 그러니 이곳에서 기다리도록 하게."

"언제까지 기다리라는 말씀입니까?"

"글쎄, 한 열흘이면 되지 않을까 싶군."

죽을 뻔한 위기를 넘기고 여기까지 왔는데, 열흘을 기다리라고?

그럴 수는 없었다. 현재 철마보는 열흘을 기다릴 정도로 여유 있는 상황이 아니었다.

그렇다고 자신이 급박한 마음을 드러내면 상대에게 약점을 잡힐지 모르는 일. 사공청은 최대한 담담한 표정을 하고서 꽉

지홍을 쳐다보았다.

자칫하면 대등한 입장에서 협약을 맺으려던 일이 수포로 돌아갈지도 모른다. 말 한 마디 한 마디를 조심해야 했다.

"그런 줄 알았으면 영섬으로 바로 갈 걸 그랬군요."

"가도 못 만났을 거라니까."

"여기서 열흘을 기다릴 수는 없습니다. 설령 만나주지 않으신다 해도 일단 영섬으로 가 봐야 할 것 같습니다."

"그 친구 고집이 꽤나 세군. 내 이런 말은 하지 않으려고 했는데, 자네를 보니 한 마디 해줘야 할 것 같구먼."

곽지홍은 고개를 설레설레 흔들고는 냉랭한 어조로 말했다.

"철마보가 마도십삼파 중 하나라 해서 대단하게 생각하나 본데, 내 눈에는 그다지 대단해 보이지도 않아. 사혈문에 당할 정도면 볼 장 다 본 거 아닌가?"

"말씀이 심하시군요."

"심하다고? 훗! 그래도 철마보주의 아들이라 해서 대접해 줬더니 분수를 모르는군. 철마보주가 와도 고개를 뻣뻣이 들 수 없는 곳이 본 궁이네. 구천신교조차 본궁과 손을 잡으려다 거절당했는데 철마보가 대순가? 정히 본 궁의 도움을 바란다면, 무릎을 꿇고 청해도 시원치 않거늘."

조소를 베어 문 곽지홍은 한껏 사공청을 비웃었다.

한데 그 순간, 사도무영의 눈에서 이채가 반짝였다. 곽지홍의 입에서 비밀일지도 모를 이야기가 무심결에 튀어나온 것이다.

목마른 사람이 우물을 판다

'구천신교와 연합을 거절했다고?'

하지만 곽지홍의 비아냥대는 말투에 화가 치민 사공청은 그 말을 깊게 생각하지 않았다.

"곽 선배님!"

"왜? 기분이 나쁜가? 아직도 마도십삼파가 대단한 줄 아나 보지? 착각하지 마라. 철마보의 힘은 본 궁 휘하의 일개 단체 정도일 뿐이니까."

사공청은 벌게진 얼굴로 곽지홍을 쏘아보았다.

욕이라도 퍼붓고 싶었다. 하지만 그러잖아도 사면초가인 철마보에 대적을 하나 더 만들 수는 없는 일이 아닌가.

이를 악문 사공청은 곽지홍을 뚫어지게 바라보며 포권을 취했다.

"그만 가보겠습니다. 오늘의 밀씀, 잊지 않지요."

"눈빛은 제법이군. 정히 기다리기 싫다면 어쩔 수 없지. 정말 도움이 필요하다면, 그 정도 기다림은 감수할 수 있어야 하거늘……. 가보게."

곽지홍은 건성으로 말하며 손을 저었다.

'흥, 영섬으로 간다고 해서 네 뜻대로 될 줄 아느냐? 무릎을 꿇고 애걸해도 모자랄 놈이…….'

사공청은 주먹을 움켜쥐고 몸을 돌렸다.

곽지철의 비웃는 소리가 뒤통수에 대못처럼 박혔다.

"철마보라고 하면 우리가 껌벅 죽을 줄 알았나 봅니다, 형님. 갑자기 천 리 떨어져 있는 철마보 무사들이 석천에 나타나서 신경이 쓰인 것뿐인데 말이죠. 크크크."

돌아선 사공청의 어깨가 잘게 떨렸다. 어찌나 힘을 주었는지, 손가락이 손바닥을 뚫어버릴 것처럼 파고들었다.

철마팔혼검 네 사람은 핏발 선 눈으로 사공청을 바라보았다. 명령만 떨어지면 당장이라도 연살쌍마를 공격할 듯한 표정이었다.

사공청이 왜 그들의 마음을 모를까. 하지만 그래선 안 된다는 것 또한 누구보다 그가 잘 알았다.

사공청의 잇새로 씹어뱉은 목소리가 흘러나왔다.

"우리 어깨에 철마보의 운명이 걸려있다는 걸 잊지 마시오."

호유건이 금방이라도 핏물이 뚝뚝 떨어질 것 같은 눈을 내리며 대답했다.

"예……. 공자."

그때 사도무영이 돌아서며 제법 큰 목소리로 말했다.

"그만 갑시다. 천마궁에 대한 소문이 거창해서 내심 기대했는데, 아무래도 과장된 헛소문이었던 것 같소."

사공청은 자신도 모르게 입술 끝이 파르르 떨렸다. 연살쌍마의 심기를 건드리는 말에 깜짝 놀라서 긴장해야 하는데, 이상하게도 웃음이 나왔다.

'크큭, 나도 많이 이상해졌군. 그 말을 듣고 속이 시원하게 느껴지다니.'

하지만 같은 말을 듣고도 곽지철은 머릿속에서 열이 났다.

"거기 키 큰 놈! 그 자리에 멈춰라!"

사도무영은 그의 말을 충실히 따랐다.

"저 말입니까?"

"방금 뭐라 했느냐? 본 궁에 대한 소문이 과장되었다고?"

"내 느낌을 사실대로 말한 것뿐인데, 뭐 잘못된 거라고 있습니까?"

"죽일 놈! 감히 본궁을 모욕하다니. 철마보라는 이름이 네 놈을 지켜줄 거라 생각하느냐?"

"나는 당신처럼 세력의 이름에 기대 사는 사람이 아니오."

"뭐야!"

눈을 치켜뜬 곽지철이 버럭 소리 지르고는, 성큼성큼 사도무영에게 다가갔다.

객잔에서부터 기분 나쁜 느낌을 주던 놈이었다. 이 기회에 팔다리 두어 개 꺾어 놓아야 직성이 풀릴 것 같았다.

철마보 놈만 아니라면 목을 쳐버렸을 텐데…….

사도무영은 곽지철의 신경을 고의로 건드려 놓고, 그가 다가오는 것을 무심한 눈으로 응시했다.

그 상황을 지켜보던 곽지홍은 뭔가 이상한 느낌에 눈살을 찌푸렸다.

'사공청의 수하가 아니었나?'

바로 그때였다. 곽지철을 응시하던 사도무영의 눈이 느릿하니 곽지홍을 향했다.

순간, 사도무영과 곽지홍의 눈이 마주쳤다.

심장이 멎는 기분!

곽지홍은 숨을 멈추고 눈을 부릅떴다.

'저놈은 사공청의 수하로 지낼 놈이 아니야!'

반면 곽지철은, 사도무영이 눈을 돌리자 자신을 무시한다 생각했다.

"건방진 놈! 네놈이 지금 나를 무시하는 거냐!"

그는 사도무영의 가슴을 향해 번개처럼 손을 뻗었다.

사도무영은 입가에 조소를 지은 채 좌수를 마주 내밀었다.

깜짝 놀란 곽지홍이 빠르게 소리쳤다.

"아우! 멈춰……!"

하지만 그의 목소리가 끝나기도 전에 나직한 충돌음이 방 안에 울렸다.

쿵!

동시에 곽지철이 술에 취한 사람처럼 비틀거리며 뒤로 물러났다.

"끄으으……."

해쓱해진 낯빛, 악다문 이 사이로 흘러나오는 나직한 신음.

곽지철은 가까스로 버텼지만, 잘게 떨리는 몸은 쉽게 진정

시킬 수가 없었다.

"물러서라, 아우."

곽지홍이 무거운 표정으로 입을 열며 앞으로 나섰다.

"형님, 제가······."

"그는 네가 상대할 수 있는 사람이 아니다."

곽지홍은 단호하게 곽지철의 의향을 짓누르고 사도무영을 바라보았다.

"실수를 했군. 철마보라는 이름에 눈이 가려져서 미처 못 봤어."

"철마보가 아니라 천마궁이라는 이름이 가렸겠지요."

곽지홍의 눈썹이 송충이처럼 꿈틀거렸다.

"그런가? 하긴 그럴지도 모르겠군."

"튼튼한 성 안에 있다고 해서 자신이 성만큼 강한 것도 아닌데, 사람들은 간혹 착각을 하더군요. 그런 사람들이 보통 남보다 먼저 죽긴 합니다만."

'강한 것은 천마궁이지 당신이 아냐, 착각하지 마. 죽기 싫으면.' 그 말이었다.

곽지홍은 분노가 울컥 치밀었지만 꾹 참았다.

그는 곽지철과 달랐다. 앞에 있는 젊은 놈은 기분으로 상대할 수 있는 놈이 아니었다.

"그렇게 말하는 그대는 어떤가? 철마보의 벽에 기대지 않아도 될 만큼 강하다 생각하는가?"

사도무영이 턱을 살짝 치켜들고 말했다.

"최소한 당신보다는. 기분 나빠도 사실이니 이해하십시오."

그런 말을 듣고 이해할 사람이 얼마나 될까.

참고 참았던 곽지홍의 머릿속에 확 불이 붙었다.

"그래? 어디 정말 그런가 볼까?"

순간이었다.

곽지홍의 몸이 흔들리는가 싶더니, 벼락같은 공세가 사도무영을 덮쳤다.

사공청이 눈을 부릅뜨고 소리쳤다.

"조심……!"

하지만 사도무영은 곽지홍의 공세가 코앞에 닥쳤는데도 태연하게 손을 들어 올렸다.

'죽어라, 이놈!'

곽지홍은 회심의 미소를 지으며, 사도무영의 심장에 갈고리 같은 손가락을 꽂았다. 아니 꽂으려 했다.

단숨에 심장을 빼내 저놈 입속에 처박아 버리리라! 그런 마음으로.

한데 손가락이 상대의 가슴에 다섯 치까지 접근한 순간, 손가락이 기름칠한 철판에 부딪친 것처럼 옆으로 밀리는 것이 아닌가.

그 바람에 중심까지 흔들린 그는 황급히 몸을 틀고는, 재차 공격을 가하기 위해 손을 회수했다.

초절정고수답게 빠른 대처였다.

하지만 상황은 그가 원하는 대로 흐르지 않았다.

손을 회수하려던 그는 헛바람을 들이키고, 눈을 부릅떴다.

'헉!'

눈앞이 사도무영의 수영으로 가득 차 있었다.

손 그림자는 눈에 확연히 보일 정도로 느릿했다. 그런데 피하고 싶어도 피할 수가 없었다. 피하려는 모든 곳에 상대의 손이 있는 것이다.

덥석!

그 사이, 사도무영의 우수가 곽지홍의 팔목을 움켜쥐었다. 뒤이어 좌수가 가슴에 닿았다 떨어졌다.

퍽.

둔탁하게 모래부대를 두들기는 소리가 나는가 싶더니, 곽지홍이 쿵쿵거리며 세 걸음 물러섰다.

사도무영은 회천무벽에 이어 일수로 곽지홍을 물러서게 만들고는, 오연히 서서 그를 직시했다.

"나는, 나를 공격하는 사람을 무조건 적으로 생각하는 사람입니다. 딱 한 번, 사공 형의 체면을 봐서 그 정도로 멈추었습니다. 그러나 한 번 더 그러면, 천마궁과 적이 되더라도 당신을 죽일 것입니다."

고저 없는 나직한 목소리가 곽지홍의 귀청을 울렸다.

안색이 창백해진 그는 입을 꾹 다물었다.

말을 할 수가 없었다. 가슴 속에 바윗덩이가 들어찬 것 같았다. 숨 쉬는 것도 힘들어서, 안간힘을 써야 겨우 실낱같은 숨을 들이쉴 수 있었다.

일시지간, 경악에 찬 적막이 방 안을 짓눌렀다.

사도무영은 무심한 눈으로 곽지홍과 곽지철을 응시하고 몸을 돌렸다.

"그럼, 기회가 되면 다음에 보지요."

곽지홍은 얼굴이 벌게지도록 힘을 주고 겨우 입을 열었다.

"너는…… 누구냐?"

"내가 누군지는 나중에 알아도 되는 일이고, 귀 궁의 궁주께 말이나 전해주시죠. 사도 성을 쓰는 사람이 나중에 한 번 만났으며 하더라고 말입니다. 구천신교도 우습게 본다는데, 별 볼일 없는 사람을 만나주기나 할지 모르겠습니다만."

워낙 급작스럽게 벌어진 일인데다 한순간에 끝나서, 밖에 서 있던 경비무사들은 안에서 벌어진 일을 제대로 알지 못했다.

물론 사도무영이 진기로 싸우는 소리가 새어나가는 것을 막은 이유도 있지만.

그들은 사공청의 씁쓸한 표정을 보고 비릿한 조소를 지었다.

'자식들, 별것도 아닌 것들이 건방떨다 혼났나 보군.'

장원에서 나온 사도무영은 사공청을 바라보았다.

"서운하시오?"

"우리가 약해서 벌어진 일인데, 서운할 게 뭐 있겠소."

사공청은 씁쓸한 표정으로 고개를 저었다.

사도무영은 좌우를 둘러보고 어깨를 추켜올렸다.

"이거 영섬으로 가려면 어디로 가야지? 일단 누구에게 길이나 물어봅시다."

"영섬으로 가실 생각이오?"

"그럼, 가지 않으실 거요?"

곽지홍에게 가지 않을 것처럼 말하지 않았던가?

그래서 헤어질 것까지 생각했다. 한데 이제 보니 곽지홍에게 그런 말을 한 것에는 다른 이유가 있는 듯했다.

사도무영이 사공청의 마음을 짐작한 듯 피식 웃으며 말했다.

"귀찮은 게 싫어서 그리 말한 거요. 우리가 영섬으로 간다고 하면, 그가 쓸데없는 일을 벌일지 모르잖소."

진실만 말하며 살아가기에는 너무 험한 곳이 강호라 하지 않던가. 사공청은 사도무영의 말을 듣고서야 그 말을 실감했다.

'정말 뛰어난 사람이다. 나보다 나이는 두어 살 어린 것 같은데, 경험은 훨씬 많구나.'

내심 감탄한 사공청은 구름이 끼어 있는 북쪽 하늘을 바라보며 이를 지그시 악물었다.

"갈 거요. 거기 가서 더 심한 말을 듣는 한이 있어도, 반드시 천마궁주를 만날 거요."

"그리 마음먹었다면 뭐가 두렵겠소? 갑시다."

사도무영은 담담히 말하고 걸음을 옮겼다.

그렇게 얼마나 걸었을까, 장원이 보이지 않을 즈음 사도무영이 사공청에게 물었다.

"만일 저들이 철마보의 조건을 들어주지 않는다면 어떻게 할 거요?"

사공청의 눈빛이 흔들렸다.

"우리는…… 죽는 한이 있어도 남의 종이 되어 움직이지는 않을 거요."

옆에 있던 호유건과 철마팔혼검 중 세 사람도 무겁게 고개를 끄덕였다.

"그 말은 구천신교와도 연합하지 않겠다는 말 같은데, 내 말이 맞소?"

"물론이오."

단호한 대답.

사도무영은 사공청의 두 눈을 똑바로 쳐다보았다.

"정말 그럴 생각이라면, 천마궁과의 연합이 성사되지 않았을 경우 내가 한 가지 제안을 하겠소."

"사도 형이?"

사공청은 얼굴이 살짝 달아올랐다.

이 사람이라면 뭔가 우리들이 원하는 것을 줄 수 있지 않을까? 그런 기대감으로 인한 열기였다.
 하지만 당장 물어보지는 않았다.
 지금으로선 천마궁과의 연합만이 최선의 대안이었다. 사도무영의 도움을 받는 것은 그 다음이었다.

제10장
천마궁(天魔宮)

1.

 영섬이 십여 리 남았을 즈음 구름이 걷히기 시작했다.
 붉게 타오르는 석양이 먹구름을 불붙은 숯덩이처럼 만들고 마을 위로 쏟아졌다.
 피가 흐를 거라는 걸 예감하기라도 한 걸까?
 사도무영은 붉은 기운이 쏟아지는 하늘을 바라보며 걸음을 옮겼다. 사공청은 그와 함께 걷고, 철마보 무사 넷은 뒤에서 따라오고 있었다.
 수상한 기운이 감지 된 것은, 까마득히 영섬이 보이는 언덕을 내려갈 때였다.
 곽지홍이 보낸 자들일까?

그럴 가능성도 없지 않았다. 하지만 느껴지는 기운이 마기가 아니었다.

 사도무영은 사오백 평의 넓은 공터가 나오자 걸음을 늦추었다.

 "잠깐 쉬었다 가지요."

 사도무영이 뜬금없이 쉬었다 가자고 하자 사공청이 고개를 돌렸다.

 "마을이 얼마 남지 않았는데……."

 "손님이 왔군요."

 사공청은 사도무영의 말뜻을 알아듣고 천천히 주위를 둘러보았다. 철마팔혼검도 양옆으로 돌아서서 경계태세를 취했다.

 직후 어둑한 양쪽 숲에서 무사들이 몰려 나왔다. 대충 봐도 스무 명은 넘을 듯했다.

 그들은 바람이 흐르듯 자연스럽게 움직여서 사도무영 일행을 포위했다.

 "눈치가 빠르군."

 그들 중 중년 무사 하나가 담담히 입을 열며 한 걸음 앞으로 나섰다. 어깨가 떡 벌어지고 맑은 눈빛을 지닌 자였다.

 사도무영은 이채를 띤 눈으로 그를 바라보았다.

 "무슨 일로 앞을 막은 겁니까?"

 "천마궁과 합류하기 위해 가는 길인가?"

 "만나러 가는 길이긴 합니다만, 합류하지는 않을 것입니다."

중년인 뒤쪽에 서 있던 장한 하나가 소리쳤다.

"지금 말장난을 하자는 거냐!"

"난 사실대로 말했을 뿐인데, 왜 말장난이라고 하는지 모르겠군요."

"마도 놈들이 천마궁과 만나러 간다면, 그게 곧 합류하겠다는 말이 아니더냐?"

"말귀가 어두우신 분이군요. 그것이 어떻게 같은 말입니까?"

"뭐야!"

사도무영은 장한이 화를 내든 말든 중년인에게 말했다.

"좌우간 저는 사실대로 말했으니, 이제 그쪽에서 대답해 주실 차례군요."

중년인은 이마를 좁히더니 싸늘한 목소리로 대답했다.

"너희들은 천마궁이 있는 곳으로 갈 수 없다."

"왜 못 간다는 겁니까?"

"끝까지 가려고 한다면, 내 검이 무정함을 탓하게 될 것이다."

"지나친 자신감은 독이 되지요. 화산의 검이 과연 우리를 막을 수 있을지 모르겠습니다."

중년인의 눈이 살짝 커졌다.

"어떻게 알았느냐?"

"전부 화산의 제자는 아닌 것 같고……. 정천맹에서 나오신 분들인가 보군요."

 중년인의 표정이 굳어졌다.

 천마궁의 눈에 띄지 않기 위해서 정천맹의 복장을 버리고 평범한 무복을 입었다. 한데도 상대가 한눈에 자신들의 정체를 알아보자 땡감을 베어 문 것처럼 입맛이 썼다.

 "눈썰미가 좋은 친구군. 하지만 그것이 네 명을 재촉하는 것 같아 안타깝구나."

 "글쎄요. 제 목숨이 생각보다 질겨서 귀하 뜻대로 되지 않을 것 같군요."

 "오만하군. 그만큼 자신 있다는 건가?"

 "그건 제가 묻고 싶군요. 이 인원으로 저희를 막을 수 있을 거라 보십니까? 뭔가 큰 착각을 하고 계신 것 같은데요."

 오만하게마저 느껴지는 반문에 정천맹 무사들이 발끈했다.

 "저 건방진 놈이……!"

 "제정신이 아닌 놈이로구나!"

 "대주, 그놈과 말을 더 나눌 게 뭐 있습니까? 놈이 정 죽기를 원한다면 소원대로 해줍시다."

 화산파의 속가제자이자 멸마십이대 중 제 삼대의 대주인 남화인은 사도무영을 노려보았다.

 "천마궁의 본진과 그리 멀지 않은 곳이어서, 될 수 있으면 그냥 돌려보내는 걸로 끝내려 했거늘. 스스로 택한 길이니 우리를 원망하지 마라."

그 말이 떨어지자, 스물여섯 명의 멸마대원들이 일제히 무기를 뽑아들었다.

그에 반응해 사공청과 철마팔혼검 네 사람도 도검을 뺐다.

지나가던 바람이 팽팽한 긴장감에 부딪쳐 옆으로 휘돌았다.

사도무영은 남화인을 보며 쓴웃음을 지었다.

"정말 답답한 양반이군."

천마궁의 본진 목전에서 몇 명의 철마보 무사들을 막기 위해 자신들을 드러내다니.

마도의 힘이 커지는 걸 막겠다는 그 마음을 모르는 건 아니지만 지나친 모험이었다.

철마보 무사 몇 명이 합류한다고 해서 천마궁의 세력이 지금보다 얼마나 강해질까?

오히려 중도를 취할 수도 있는 철마보를 완전히 적으로 만들지도 모르고, 자칫 천마궁에 정천맹을 칠 빌미를 제공할 수도 있다.

어느 쪽으로 생각해도 이득이 없는 일인 것이다.

자신의 정체를 밝히면 어느 정도 말이 통할지 몰랐다. 하지만 사도무영은 그렇게 하지 않기로 했다.

강호가 그렇게 만만치 않다는 것을 알려주고 싶었다.

어린 자신도 그 정도는 알거늘.

사도무영은 사공청과 철마팔혼검에게 전음을 보냈다.

『나를 믿는다면 내 말대로 해주시오. 상대를 죽이는 것은 최대한 자제하고 방어만 하시오. 나머지는 내가 알아서 할 테니까.』

사공청과 철마팔혼검은 흠칫하며 곁눈질로 사도무영을 바라보았다. 그러다 한 가지 사실을 깨달았다. 사도무영이 다섯 모두를 상대로 동시에 전음을 보냈다는 걸.

어차피 사도무영이 구해준 거나 다름없는 목숨. 게다가 사도무영의 도움이 없으면 빠져나가기도 쉽지 않은 상황이다.

다섯 사람은 굳은 표정으로 고개를 끄덕이고는, 방어에 치중하기 위해 원진을 구축했다.

사도무영은 그들이 자신의 뜻을 받아들이자 남화인을 향해 다가갔다.

그걸 보고 멸마 삼대의 무사들이 소리쳤다.

"놈들이 무슨 수삭을 부릴지 모르니, 도망가지 못하게 철저히 막아라!"

"놈들을 쳐라!"

정천맹의 무사들은 원을 그리며 포위망을 좁혔다.

그리고 앞선 자들부터 사공청과 철마팔혼검 네 사람을 공격했다. 사도무영은 공격하지 않았는데, 남화인에게 맡기겠다는 뜻인 듯했다.

순식간에 접전이 벌어졌다.

도검이 허공을 가르는 소리가 섬뜩하게 울렸다.

병장기 부딪치는 소리와 기의 충돌로 인한 파공음이 피를 끓게 했다.

사공청과 철마팔혼검 네 사람의 실력은 결코 정천맹 무사들에게 뒤지지 않았다. 오히려 개개인의 실력은 그들이 한 수 이상 뛰어난 터였다.

그들이 원진을 펼친 채 철저히 방어만 하자 정천맹의 무사들도 그들을 어찌하지 못했다.

사도무영은 그들의 싸움에 관여하지 않고 남화인에게 다가갔다. 사도무영이 도를 빼지 않고 다가가자 남화인이 눈살을 찌푸렸다.

"도를 뽑아라."

"굳이 도가 필요 없을 것 같은데요?"

그 말에는 침착한 남화인도 발끈했다.

"정말 못 말릴 놈이로구나!"

그는 비류보를 펼쳐서 단숨에 사도무영과의 거리를 일 장으로 좁혔다.

쉬익!

검이 허공을 가르고, 찰나 간 다섯 개의 매화가 허공에 새겨졌다. 화산의 대표적인 검법인 이십사수 매화검 중 일식이었다.

사도무영은 무심한 눈으로 남화인의 매화검을 바라보며 손을 저었다.

콰르릉!

풍뢰수의 나직한 뇌음이 울리는가 싶더니, 다섯 개의 매화가 허공에서 터져 나갔다.

그뿐이 아니었다. 풍뢰수는 매화를 터트리고 곧장 남화인을 압박했다.

남화인은 가벼운 손짓에 자신의 매화검이 산산이 부서지자 안색이 급변했다.

하지만 그는 놀라고 있을 겨를이 없었다.

상대의 손에서 묵직한 경력이 밀려드는데, 그 위력이 자신의 어떤 검으로도 막을 수 없을 만큼 강력했다.

'흐읍!'

처음부터 힘에 밀려 물러날 수는 없는 일. 그는 이것저것 따지지 않고 자신이 지닌 가장 강력한 검인 칠절매화검을 펼쳤다.

일순간 일곱 줄기의 검격에서 마흔아홉 송이의 매화가 피어나며 사도무영의 장력을 막았다.

콰르릉! 쩌저정!

남화인이 막아내기에는 풍뢰수의 위력이 너무 강했다.

풍뢰수는 마흔아홉 송이의 매화를 빠르게 부수며 남화인의 검로를 차단했다.

결국 견디다 못한 남화인이 창백한 얼굴로 주르륵 밀려났.

그걸 보고 정천맹 무사 셋이 사도무영에게 달려들었다.

"대주!"

"이놈!"

하지만 그들은 사도무영이 휘두른 장력에 접근도 못하고 힘없이 튕겨졌다.

한 번 튕겨진 자들은 바닥을 기며 쉽게 일어나지 못했다.

사도무영은 무심한 눈으로 남화인을 바라보았다.

"아직도 모르겠습니까?"

남화인은 검을 고쳐 쥐었다. 이대로 물러서는 것은 자존심이 허락지 않았다.

"네가 아무리 강해도……."

"정말 고집이 센 양반이군."

모르겠다면 더 가르쳐 주는 수밖에.

사도무영은 한 걸음에 삼 장의 간격을 좁히고 좌수를 뻗었다.

남화인은 전력을 다해 밀려드는 경력을 차단했다.

검첨에서 솟구친 검화가 검막을 형성했다.

그러나 그가 막아내기에는 사도무영의 공세가 너무 강했다.

콰광!

"크윽!"

남화인은 끝내 신음을 흘리며 정신없이 물러섰다.

그때 냉랭한 목소리가 남화인의 머릿속을 흔들었다.

『자존심 때문에 수하들을 죽음 속으로 몰아넣겠다는 겁니까?』

"우리는 마에 굴하지 않는다, 이놈!"

남화인이 입에서 피를 튀겨가며 안간힘을 다해 소리쳤다.

『천마궁에 합류하기 위해 가는 게 아니라고 그렇게 말했거늘……. 천유검 제갈 단주였다면 이쯤에서 물러갔을 텐데, 답답하군요.』

사도무영은 슬며시 제갈신운을 드러냈다.

갑자기 제갈신운의 별호가 사도무영에게서 나오자 남화인의 눈빛이 흔들렸다. 그도 그때부터는 전음으로 말했다.

『무, 무슨……?』

『가서 제 모습을 그 양반에게 말하십시오. 그럼 알 겁니다.』

『네, 네가 그분을 잘 안단 말이냐?』

『세 번 만나서 많은 이야기를 나눴으니 잘 안다면 잘 안다고도 할 수 있겠지요. 비록 서너 달 전 이야기지만.』

남화인은 어안이 벙벙했다.

'이자와 제갈 단주가 무슨 관계기에……?'

분명한 것은, 자신을 죽일 수 있음에도 죽이지 않고 있다는 점이었다. 널브러져서 기고 있는 수하들 역시.

어쩌면 상대의 말이 진실일지도 모른다는 생각이 들었다.

그때 문득, 몇 달 전에 정천맹을 발칵 뒤집어 놓은 일이 떠올랐다.

『그, 그분은 지금 정천맹에 없는데 어떻게 물어본단 말이냐?』

말뜻이 묘했다. 단순히 정천맹 총단에 없다는 말이 아닌 듯했다.

『무슨 말입니까? 설마 돌아가시기라도……?』

『그분은…… 머리를 풀고 정천맹을 떠났다.』

『그게 무슨 말입니까?』

다그치는 목소리가 어찌나 싸늘한지 남화인은 자신도 모르게 대답했다.

『저번 겨울에 도의를 저버렸다며 갑자기 머리를 풀고 맹을 떠나셨다. 그 바람에 오호단의 남궁 부단주도 반쯤 얼이 빠져서 칩거에 들어갔다.』

도의를 저버렸다며 머리를 풀고 정천맹을 떠나?

사도무영은 갑자기 웃음이 나왔다. 제갈신운이 왜 정천맹을 떠났는지 그 이유를 짐작한 것이다.

"와하하하하!"

갑작스럽게 터져 나온 낭랑한 웃음소리가 일대를 뒤흔들었다.

어스름이 출렁이고 대지가 들썩였다.

사도무영은 한바탕 대소를 터트리고는, 씁쓸한 표정으로 중얼거렸다.

"그 양반 참, 보기보다 순진한 분이시네."

솔직히 정천맹과 적이 되고 싶은 마음은 없지만, 그렇다고 해서 좋은 감정이 있는 것도 아니었다.

정확히 말하면, 벽검산장과 손을 잡은 정천맹에 짜증이 났다고나 할까?

한데 제갈신운이 정천맹을 떠났다는 말을 듣자 마음이 조금 풀어졌다.

자신 때문에 명예를 버리다니!

그게 어디 쉬운 일인가 말이다.

그는 남화인을 바라보았다.

"일단 수하들을 물리십시오."

사도무영의 앙천광소가 진기를 뒤흔든 바람에 싸움은 이미 멈춰진 상태였다.

남화인은 사공청 일행과 대치하고 있는 수하들을 불러들였다.

"모두 물러나시오."

남화인과 정천맹 무사 세 명이 힘없이 당하는 것을 본 터였다. 철마보의 무사들도 바로 무너질 것 같지 않고.

내심 불만을 가진 자들조차 뒤로 천천히 물러났다.

"지금쯤 천마궁의 무사들이 몰려오고 있을 겁니다. 서두른다면 그들의 추적에서 벗어날 수 있을 테니, 이쯤에서 끝내지요."

사도무영의 말에 남화인의 두 눈이 폭풍을 만난 쪽배처럼 흔들렸다.

"천마궁 놈들이?"

"본진이 있는 곳입니다. 설마 보이지 않는다고 해서 감시자가 없을 거라고 생각한 것은 아니겠지요?"

충분히 일리 있는 말.

남화인은 심호흡으로 흐트러진 진기를 추스르고 수하들에

게 지시했다.
"최대한 빨리 이곳을 벗어나야 하네. 가세."
"대주, 저들은……."
"오늘 일은 내가 책임지겠네. 서두르게!"

사도무영은 남화인이 멸마 삼대를 이끌고 공터를 떠나자 어깨를 으쓱하며 사공청 등을 바라보았다.
"괜찮습니까?"
"괜찮소. 그런데 어떻게 된 영문인지 모르겠구려."
"별것 아닙니다. 정천맹에 아는 분이 하나 있는데, 나 때문에 정천맹을 떠나셨다는군요."
"사도 형 때문에?"
"하하, 자세한 사정은 나중에 말씀드리지요, 일단 천마궁의 본진을 찾아봅시다."
그때 호유건이 물었다.
"그 사람 때문에 저들을 죽이지 못하게 한 거요?"
사도무영의 두 눈이 호유건을 향했다.
"그들을 죽이면 정천맹과의 상황이 더욱 악화 될 겁니다. 한마디로 이익 될 게 아무것도 없지요."
사공청이 눈을 빛내며 물었다.
"죽이지 않으면 이익 될 것이 있단 말 같구려."
"최소한 협상의 여지는 남지요. 더 큰 이득이 있을지도 모르고. 뭐 그거야 나중에 두고 보면 알 일, 그만 갑시다."

사도무영이 대충 얼버무리고 걸음을 옮기자, 사공청과 철마팔혼검도 그의 뒤를 따라갔다. 곤혹스런 표정으로 고개를 갸웃거리며.

한데 그들이 오 리쯤 갔을 때였다.
저만치서 어스름을 뚫고 달려오는 자들이 보였다.
삼십여 명가량 되었는데, 경공에서 상당한 실력을 지닌 자들이었다.
사공청이 눈을 크게 뜨고 말했다.
"사도 형, 천마궁의 무사들인 것 같소."
"거참, 정말로 오는군."
"예? 아까 저들이 올 거라고 하지 않았소?"
"하하. 그게…… 그냥 대충 해본 말이었지요."
그랬다. 남화인에게 한 말은 그를 빨리 쫓아내기 위해 대충 짐작으로 한 말이었다. 그런데 정말로 천마궁의 무사들이 달려오는 게 아닌가.
사도무영은 피식 웃으며 사공청을 바라보았다.
"좌우간 잘 되었군요. 굳이 찾아다닐 필요가 없게 되었으니……."
사공청은 고개를 내둘렀다.
도대체 뭐가 뭔지, 사도무영을 만난 후로 바보가 된 기분이었다.

그때 다가오던 천마궁 무사들이 속도를 늦추더니 사오 장의 거리를 두고 멈춰 섰다. 그리고 곧 그들 중 누군가가 소리쳤다.

"그대들은 누군가? 정체를 밝혀라!"

숨을 깊게 들이쉰 사공청이 어깨를 펴고 앞으로 나섰다.

"철마보의 사공청이라 하오!"

2.

태백산에서 뻗은 진령(秦嶺) 줄기가 동남쪽으로 길게 늘어진 끝자락.

그곳에는 백 년이 훨씬 넘는 역사를 지닌 영천검문이 위치해 있었다.

그러나 지금은 영천검문의 현판 대신, 천마궁의 현판이 걸려 있는 상태였다. 그곳이 바로 장안을 도모하기 위한 천마궁의 임시총단인 것이다.

천마궁이 보다 크고 화려한 장원을 놔두고, 협소하게 느껴지는 그곳을 임시총단으로 정한 것에는 이유가 있었다.

그곳에서 고개만 넘어가면 강구(江口)가 나오고, 강구에서 진령 줄기를 넘어가면 장안이 지척이었다.

생활의 불편만 아니라면, 너무 멀지도 가깝지도 않은 최적의 장소였다.

영섬에 들어선 다음 날 아침.
사도무영과 사공청 일행은 천마궁 무사들의 안내를 받아 영천검문으로 갔다.
그들은 철마보 사람들이 정천맹의 멸마대를 물리쳤다는 것을 높이 샀다. 그렇다고 해서 대단하게 생각하는 것은 아니었지만.
그래도 어쨌든, 그 덕분에 별다른 질문도 받지 않고 일단 임시총단이 있는 영천검문까지 갈 수 있었다.
"장원이 협소해서 손님이 머물만한 곳이 없소. 그러니 며칠 머물 것이면 일을 보신 후 영섬으로 오시오."
영천검문의 상원이 보이자, 일행을 안내해 온 천마궁의 무사가 사정을 설명했다.
영천검문은 본래 이삼백 명이 거주하던 곳이었는데, 지금은 장원 안에 머무르는 사람만도 팔백에 달했다. 그러다 보니 방이 모자라는 상태였다.
사도무영은 어차피 천마궁 임시총단에 오래 머무를 생각이 없었다. 철마보 사람들도 마찬가지 생각이었고.
"알겠습니다."
일행이 정문을 통과하자 여기저기서 호기심에 찬 눈빛이 쏟아졌다. 가끔은 비웃음을 짓는 자도 있었고.

처음에는 단지 그것뿐이었다. 그런데 좀 더 안으로 들어가고, 천마궁에서 제법 높은 지위에 있는 자들이 보이기 시작하자 목소리가 더해졌다.

"철마보 사람들 같은데?"

"어라? 요즘 사혈문하고 정천맹 때문에 정신없다고 하던데, 어떻게 여기까지 왔지?"

"그러게, 남 밑에는 죽어도 들어가지 않는 고집쟁이들이 아닌가?"

"킬킬킬, 왜 오긴? 뻔하지. 먹고살기 힘드니까, 구걸하러 온 것 아니겠나?"

"어허! 그래도 마도십삼파에 속한 곳인데 말이 너무 심하구먼. 구걸이 뭔가, 구걸이? 그냥 손 벌리러 왔다고 하면 되지. 크크크."

"이 사람들이! 저놈들 얼굴 벌게지잖아, 그만해! 궁주님께서 함부로 동료를 모욕하는 자는 용서치 않는다고 했잖은가! 뭐 저놈들은 아직 동료가 아니지만."

사공청은 일행과 함께 이를 악물고 그들 사이를 걸어갔다.

귀가 있으니 다 들렸다.

하지만 참아야 했다. 그 정도 말에 발끈하면 여기까지 온 보람이 없지 않은가.

'돌아가더라도 천마궁주와 면담을 한 이후여야 해. 저런 자들 때문에 돌아설 수는 없어!'

한편으로는 괜히 온 것이 아닌가 하는 생각도 들었다.

사혈문이 언제 공격할지 모르는 상황. 한 사람이 아쉬운 판에 이런 곳에서 욕이나 먹고 있다니.

주먹을 움켜쥔 사공청은 사도무영의 옆모습을 바라보았다.

무심한 표정, 한 점 흔들림 없는 눈빛.

저게 바로 강자의 여유인가?

사공청은 움켜쥔 주먹에 힘을 주고 다시 앞을 바라보았다.

'제길, 참을 수 있을 때까지 참아보자, 그 정도 인내력은 있지 않느냐, 사공청!'

한편, 사도무영은 놀라움을 안으로 삭였다.

천마궁의 무력은 자신이 짐작했던 것보다 더 강했다.

밖에 나와서 입을 나불거리는 자들을 보고 그리 생각한 것이 아니었다.

저 뒤쪽에서 묵묵히 바라보는 자들, 방 안에서 느껴지는 기운. 그것은 벽검산장의 내부에서 느낀 것보다 강하면 강했지, 결코 약하지 않았다.

다시 말해 천마궁의 숨겨진 힘이 용검회에 결코 뒤지지 않는다는 소리였다.

'구천신교와의 연합을 거절했다더니 그럴만한 이유가 있었군.'

사도무영과 사공청 일행은 영천각이라 쓰인 커다란 건물로 안내되었다.

먼저 그들을 안내해온 자들 중 하나가 안으로 들어갔다. 그리 곧 밖으로 나오더니 그들을 안으로 들였다.

"대표 되시는 분만 들어가시오."

사공청은 뒤를 돌아다보더니 호유건을 거쳐 사도무영에게서 눈이 멎었다.

"호 령주와 사도 형이 함께 들어갑시다."

사도무영은 사공청을 먼저 안으로 들어가게 했다. 그리고 자신은 사공청과 호유건의 뒤를 따라 들어갔다.

건물 안에는 기다란 탁자가 두 줄로 늘어서 있었다. 사오십 명이 앉아도 될 만큼 넓었는데, 사도무영 등이 들어갔을 때는 열세 사람이 앉아 있었다.

그들이 안내하는 자를 따라 다가가자, 기다란 탁자의 끝 쪽에 앉아 있던 천마궁 간부들이 고개를 돌렸다.

"모시고 왔습니다."

사도무영과 사공청 일행을 안내해 온 자가 고개를 숙이고 안쪽에 말했다.

열세 사람 중 오십 중반으로 보이는 초로인이 입을 열었다.

"자네가 철마보주의 아들이라고?"

"사공청이라 합니다."

"나는 천마궁의 장로인 복진이라 하네."

사공청은 가슴이 서늘해졌다.

사천성 북부에서 제왕처럼 군림하는 촉산삼마(蜀山三魔) 중 첫째인 유마(幽魔) 복진. 그는 칠사 중 하나로 곽지홍보다 더 유명한 거마였다.

대체 천마궁에 얼마나 많은 마두들이 몰려와 있는 걸까?

그는 서늘해진 가슴을 숨 한 번으로 가라앉히고 포권을 취했다.

"뵙게 되어서 영광입니다."

복진은 고개만 까딱거리고 거만한 말투로 물었다.

"그래, 철마보에서 이곳까지 어인 일인가?"

"아버님께서 궁주님께 전하라는 말씀이 있어서 급히 달려왔습니다."

"사공 보주가? 흠, 이거 아쉽게 되었군. 궁주님을 만나려면 며칠 기다려야 할 텐데 말이야……."

사공청은 복진을 쳐다보았다.

어딜 갔기에 며칠씩이나 걸린단 말인가?

"궁주님께서 이곳에 계시다는 말을 듣고 왔습니다만, 제가 잘못 알고 왔나 보군요."

"잘못 알고 온 것이 아니네. 다만 기다려야 한다는 거지."

"언제까지 기다려야 합니까?"

"글쎄. 거기에 대해선 나도 정확히 말할 수가 없군."

사공청은 다문 입에 힘을 주었다.

이곳에 있는데도 며칠을 기다려야 하다니. 자신을 놀리려는 소리로밖에 들리지 않았다.

"장로님께선 저희 철마보가 탐탁지 않으십니까?"

그가 기분 상한 투로 말하자, 천마궁의 간부 중 한 사람이 탁자를 탕! 치고 말했다.

"어허! 복 장로께서 며칠 기다리라고 할 때는 그럴 만한 이유가 있어 그런 것이 아니겠느냐! 기다리라면 기다릴 것이지, 웬 말이 그리 많으냐?"

위압적인 말투로 사공청을 추궁한 자는 장비처럼 거친 수염이 얼굴에 가득한 중년인이었다.

사공청은 그의 말에 굴하지 않고 복진에게 다시 물었다.

"궁주님께서 이곳에 계신 것은 확실합니까? 만일 다른 곳에 계시다면 알려주시지요. 제가 찾아뵙겠습니다."

복진의 이마에 주름이 그어졌다. 자신의 말에 토를 다는 사공청이 못마땅한 표정이었다.

"내 말을 믿지 못하겠다는 건가?"

"이곳에 계시는데도 며칠씩 기다려야 한다는 게 이상해서 그럽니다."

복진의 눈빛이 싸늘해졌다.

하지만 그는 거친 수염의 중년인처럼 발끈하지 않았다. 용검회와 정천맹이 자신들을 주시하는 상황에서 철마보와 적이 되어 봐야 좋을 게 없는 것이다.

"이것만 알게. 자네는 물론이고, 우리들조차 며칠 동안은

궁주님을 만나 뵐 수 없는 상황이라는 걸 말이야."

한쪽에 묵묵히 서 있던 사도무영은 복진의 표정을 살펴보았다. 복진이 거짓말을 하는 것 같지는 않았다.

그래서 더 문제였다. 그럼 철혈신마를 만나기 위해선 정말로 며칠을 기다려야 한다는 말이 아닌가.

한편으로는 의문이 고개를 들었다.

철혈신마가 이곳에 있다면, 왜 며칠 동안 만날 수 없다는 것일까? 그에게 무슨 일이 있기에.

간부들의 표정에 초조함이나 긴장이 엿보이지 않는 걸로 봐서는 나쁜 일로 그런 것은 아닌 것 같았다.

사도무영은 사공청에게 전음을 보냈다.

『사흘 안에 만날 수 있는지 물어보시오.』

사공청이 그의 전음대로 복진에게 물었다.

"장로님의 말씀 잘 알겠습니다. 그럼 사흘 정도 기다리면 되겠습니까?"

"이거 참, 닷새가 될지 이레가 될지, 나도 그걸 정확히 알지 못하니 뭐라 말할 수 없군. 정 급박한 일이라면 우리에게 말해보게. 궁주님께 무슨 말을 전하기 위해서 온 것인가?"

"제가 궁주님을 만나 뵈려는 것은, 천마궁과 저희 철마보와의 연합 문제 때문입니다. 결코 가볍게 다룰 사안이 아니고, 궁주님만이 결정을 내릴 수 있을 것이어서 직접 뵈려는 것입니다."

한쪽에 앉아 있던 간부들이 코웃음 치며 말했다.

"훗, 연합? 말투를 보니 본궁의 밑으로 들어올 생각은 없는 것 같군."

"사공강이 원래 대가 세지. 분수도 모르고 말이야. 낄낄낄."

"그래도 명색이 마도십삼파의 하나가 아닌가?"

사공청은 묵묵히 견뎠다. 두어 번 그런 경우를 당하고 나니 이제는 그다지 화가 나지도 않았다.

호유건도 이만 악물고 있을 뿐 나서지 못했다.

일순간의 화를 참지 못해 철마보에 누가 되는 일을 할 수는 없는 일이었다.

장비수염의 중년인이 그 점을 이용해 사공청 등을 놀렸다.

"철마보 무사들은 자존심이 무척 강하다 들었는데, 오늘 직접 보니 그것도 아니군. 하긴 호랑이를 보면 늑대들도 꼬리를 말 수밖에 없는 법이지."

네깟 것들이 참지 않으면 어쩔 것이냐? 그런 말.

사공청의 얼굴이 붉어졌다.

그 자리에서 죽더라도 굴하지 않는 게 철마보의 자존심이다. 천마궁과의 연합을 위해서 왔기에 지금껏 참고 있는 것일 뿐.

그런데 그 말을 듣자 안내가 한계를 보였다.

사공청은 장비수염의 중년인을 쏘아보며 한마디 했다.

"저희 철마보에 오셔서도 그런 말을 하실 수 있을지 궁금하군요."

천마궁(天魔宮) 315

순간 복진 옆에 있던 자가 킬킬거리며 웃었다.

"클클클, 장 호법 큰일 났군. 절대 철마보에 가면 안 되겠어."

그 말에 장비수염의 중년인이 비웃음 가득한 표정으로 말했다.

"크크크, 꼴에 자존심은 있다 이건가? 못할 것도 없지. 나 장확이 철마보를 두려워할 줄 아느냐?"

사공청의 표정이 돌처럼 굳어졌다.

패령도(覇鈴刀) 장확.

섬서에서 도에 관한한 세 손가락에 든다는 자.

특히 그는 강력한 힘이 실린 도법으로 유명해서 섬서제일패도라 불리기도 했다.

'이자가 섬서제일패도 장확이라니.'

사공청이 입을 꾹 닫고 쳐다만 보자, 장확이 조소를 지으며 말했다.

"왜 내가 누군지 알고 나니까 겁이 나느냐?"

'웃기지 마! 내가 참는 건 당신이 겁나서가 아니야!'

마음속으로 소리치는 사공청의 눈에 핏발이 섰다.

바로 그때, 그의 어깨너머로 나직한 목소리가 울렸다.

"사공 형, 저 양반이 그렇게 유명한 사람이오?"

사공청은 바로 대답을 못했다.

유명하냐고?

그렇다. 유명하다. 칠사팔마에는 끼지 못하지만, 그 바로 아래는 될 정도니까.

"패령도라고 들어보셨습니까?"

"저 사람 별호입니까? 처음 들어보는군요. 일 다 보셨으면 그만 상대하고 갑시다. 강아지도 자기 집 안에선 호랑이를 보고 짖는다는데 일일이 상대할 필요는 없잖소?"

사도무영이 슬쩍 장확의 속을 긁었다.

사공청을 비웃음 가득한 표정으로 쳐다보고 있던 장확의 얼굴이 서서히 굳어졌다.

그는 사공청의 어깨너머로 사도무영을 노려보았다.

"지금 그 말, 나에게 한 것이냐?"

"자신을 강아지라고 생각한다면 그럴지도 모르지요."

장확의 두 눈이 역팔자로 치켜 올라갔다.

"애송이가 죽고 싶어서 환장했구나!"

"강아지에게 죽고 싶은 마음은 눈곱만큼도 없습니다만."

한 마디도 지지 않는 사도무영의 말에 천마궁의 간부들이 킬킬댔다.

"푸하하, 장 호법을 강아지라고 하다니. 정말 겁이 없는 놈이군."

"킬킬킬, 장 호법이 오늘 제대로 당하는데?"

장확의 얼굴이 벌겋게 달아올랐다. 어찌나 붉은지 금방이라도 김이 모락모락 날 것 같았다.

천마궁(天魔宮) 317

그는 두 손으로 탁자를 짚고 몸을 일으켰다.

"네놈이 감히 나를 놀리다니!"

하지만 사도무영은 그에게서 시선을 떼고 사공청에게 물었다.

"사공 형, 천마궁주를 만날 수 있을 때까지 기다릴 거요?"

사공청은 주먹을 움켜쥐었다. 눈꺼풀이 파르르 떨렸다.

천마궁 간부들마저 비웃고 있는 판이다. 철혈신마라고 해서 얼마나 다를까 싶다. 그리고 결정적으로, 기약도 없는 며칠을 기다릴 수는 없었다.

언제 사혈문이 쳐들어올지 모르는 상황이거늘…….

그는 천천히 숨을 들이쉬고, 느릿하니 고개를 저었다.

"아니오, 그만 돌아가야겠소."

"흥! 나를 모욕해 놓고 그냥 갈 생각은 아니겠지?"

장확이 의자를 밀어내고 탁자 사이로 나왔다.

딸랑 딸랑.

그의 허리에는 한 자루 면이 넓은 도가 끼워져 있었는데, 그가 움직일 때마다 도파에 매달린 방울이 흔들렸다.

다른 사람들은 그의 행동에 관여하지 않았다. 복진마저 지켜보기만 했다.

한데 맨 끝에 석상처럼 무표정한 얼굴로 앉아 있던 오십대 중반의 초로인이 입을 열었다.

"장 장로, 궁주님께서 계시지 않는 동안 소란을 피우면 안 된다는 걸 모르진 않겠지?"

장확의 얼굴이 구겨졌다. 하지만 그는 쉽게 물러서지 않았다.

"걱정 마십시오. 소란스럽지 않게 끝내겠습니다."

"상대는 철마보다. 일이 커지면 그대가 책임져야 할 거다."

"까짓 거, 제가 책임지죠."

장확은 씹어뱉듯이 약속하고, 사공청의 뒤에 서 있는 사도무영을 노려보며 걸음을 옮겼다.

"숨어 있지 말고 앞으로 나와라, 이놈!"

"사공 형, 잠깐 비켜보시지요."

〈8권에서 계속〉

Dark Blaze
다크 블레이즈

김현우 판타지 장편소설

FANTASYSTORY & ADVENTURE

『레드 데스티니』, 『골든 메이지』의 작가!
김현우 판타지 장편소설

십 년 전쟁의 승리에 파묻힌 충격적 비화.
제국이 아버지의 죽음을 감췄다!

알파드 공의 죽음과 엘리멘탈 프로젝트의 실체.
뒤틀린 진실을 알기 위해 아르미드 남매가 복수의 칼을 들었다!

dream books
드림북스

역천의 황제

Rebirth the Great

태제 판타지 장편소설
FANTASYSTORY & ADVENTURE

문피아 판타지 베스트 1위, 골든 베스트 1위!
『리버스 담덕』의 작가 태제의 신작 판타지 장편소설!

신들의 꼭두각시가 되기를 거부한 황제의 마지막 선택
이 미들란 대륙의 역사를 송두리째 뒤흔든다!

베헬린 대전과 함께 정복황제 샤르엔의 시대는 끝이 났다.
그러나 새로운 철혈군주의 시대는 이제부터 시작이다!

dream books
드림북스

마법군주
인 칼리스타
발렌 판타지 장편소설
FANTASYSTORY & ADVENTURE

『리턴』, 『얼음군주』의 작가 발렌!
자유롭고 유쾌한 상상력이 돋보이는 판타지 장편소설.

미천한 하인에게 죽음과 함께 찾아온 영혼의 부활.
기적처럼 뒤바뀐 한 남자의 운명이 대륙의 역사를 새로 쓴다!

귀족의 폭정에 고통 받는 모든 이들을 구하기 위해
칼리스타 백작, 마침내 그의 의지가 세상을 변혁시킨다!

dream books
드림북스